Vengeance

Les Roi des Yachts
Tome I

Renee Rose

Traduction par
Agathe M

Livre gratuit de Renee Rose

Abonnez-vous à la newsletter de Renee

Abonnez-vous à la newsletter de Renee pour recevoir livre gratuit, des scènes bonus gratuites et pour être avertie de ses nouvelles parutions !

https://BookHip.com/QQAPBW

Prologue

Dahlia

Une danse de plus avec un ado arrogant en costard, et je m'arrache un œil avec un cure-dent.

Je saisis justement un cure-dent sur le plateau d'un serveur, cure-dent actuellement planté dans une bouchée au saumon, que j'enfourne. J'espère éviter de poursuivre la conversation avec mon prétendant du moment, Archie, un gosse de riche de Manhattan dont le père est l'une des huiles d'un gros cabinet d'avocats de Wall Street.

— J'aime bien ton collier.

Son regard n'est pas braqué sur la parure de diamants à sept chiffres qui pend à mon cou, mais sur la naissance de ma poitrine, dévoilée par le bustier de ma robe. Au moins, il est attiré par une part de la vraie moi, même s'il s'agit seulement de mon corps.

Nous nous trouvons sur le gros yacht tout neuf de mon père, le *Débutante,* construit spécifiquement pour accueillir ma fête d'entrée dans la société. Bien entendu, ma mère tenait à avoir le lieu de réception le plus prétentieux possible afin de faire étalage de la fortune incommensurable et du statut du Roi des Yachts. Elle tient à faire mieux que toutes les autres familles de la haute société new-yorkaise.

Honnêtement, je ne vois pas l'intérêt de fêter mon entrée dans la société ; ce n'est pas comme si j'allais commencer à sortir avec des hommes. Je ne pourrai pas choisir mon futur mari moi-même. Je ne donnerai pas ma précieuse virginité à quelqu'un qui volera mon cœur, me fera frémir et m'embrassera comme si sa vie en dépendait.

Oh, que non.

Mon mariage est pratiquement déjà arrangé.

Je serai femme de président.

Première dame.

En tout cas, c'est ce que pense Babs, mon ambitieuse de mère. C'est l'avenir qu'elle désire pour moi. Pour elle. Pour notre famille.

À l'autre bout de la piste de danse, mon promis - Jake Reese III, dix-huit ans, fils du sénateur Jacob Reese - parle à sa cour, un groupe de filles et fils à papa de qui s'extasient devant chacune de ses paroles.

Nous avons partagé une première danse, lors de laquelle il m'a snobée et m'a dit que j'étais encore beaucoup trop jeune pour qu'il me fréquente, et nous ne nous sommes pas reparlé depuis.

Et ça me convient parfaitement. Je n'ai qu'une seule véritable amie ici, Béa, mais elle est actuellement occupée à danser avec mon cousin aux pieds plats.

— Acceptes-tu cette danse ?

Henrick, une sorte de prince norvégien, s'incline devant moi et me tend la main.

Archie, conscient qu'il ne fait pas le poids, s'éloigne poliment.

Henrick est gentil. Je l'ai déjà rencontré lors de visites chez notre armateur norvégien. Il est beau et courtois. Mais mes talons me font un mal de chien, et je suis lasse de faire la conversation, de sourire et de me montrer.

Malheureusement, le regard d'aigle de ma mère ne m'a pas lâchée une seconde au cours de cette soirée infernale. Je lui jette un coup d'œil.

Elle me tourne le dos, occupée à discuter avec Loretta Reese, l'épouse du sénateur.

Je tiens ma chance.

— J'aimerais beaucoup, mais j'ai besoin d'une pause. Tu veux bien m'excuser pendant que je fais un tour au petit coin ?

Formuler cela comme une question lui permet de jouer les héros.

— Bien sûr.

Henrick incline poliment la tête. Ses manières parfaites vont à merveille avec ses cheveux dorés et son accent impeccable.

— Merci. Je te retrouverai à mon retour, lui assuré-je.

Je déguerpis aussi vite que me le permettent mes talons hauts.

Je me dirige droit vers les toilettes, au cas où ma mère me surveille, avant de prendre l'escalier qui mène à la cuisine.

Je reçois quelques regards surpris tandis que je traverse la cambuse à la hâte pour ressortir sur le mont étroit des domestiques. Plusieurs des serveurs qui s'y trouvent se mettent soudain au garde-à-vous.

L'un d'entre eux ne fait pas le moindre geste et se contente de m'observer tout en prenant une longue bouffée de sa cigarette, adossé au garde-corps.

Bon sang.

Ses cheveux bruns ondulent d'un côté de son front, et il a une attitude désinvolte. Vêtu de la chemise blanche immaculée, du pantalon noir, du nœud papillon et de la large ceinture des employés, il a pourtant un air plus aristocratique que n'importe quel prince, de Norvège ou d'ailleurs.

Il passe en revue ma robe bustier rose pâle en forme de meringue, mes gants en agneau qui me montent jusqu'aux coudes et mon collier, qui vaut plus que mes futures études, d'un air plein d'ennui.

Mon corps brûle sous son regard.

D'abord, je me dis qu'il ne sait pas qui je suis. Il ne doit pas comprendre qu'il s'agit du yacht de mon père, sinon la façon qu'il a de me regarder serait considérée comme impertinente.

Puis je réalise qu'il sait forcément que je suis quelqu'un.

Et qu'il s'en fiche sincèrement.

D'ailleurs, son regard méprisant semble sous-entendre que c'est *moi* qui l'interromps, là. Qu'il est sur son territoire, et que je suis l'intruse.

Mon pouls s'emballe. C'est peut-être ça qui me plaît. Il s'agit clairement d'un bad boy qui se fiche des règles. James Dean et Elvis délicieusement réunis.

Il est forcément conscient que je pourrais le faire virer en un claquement de doigts.

Je me dirige vers lui à grands pas et colle une hanche au garde-corps, juste à côté de lui. Il est encore plus beau de près. Ses iris ont la couleur du whisky, et ses cils sont longs et épais, pour un homme.

— Donnez-moi une bouffée, dis-je d'un ton impérieux.

Il hausse un sourcil. Un geste sexy, chez lui. Je me pâme presque. Je retiens mon souffle pendant les quatre secondes interminables qu'il met à réagir, mais enfin, il fait tourner sa cigarette et la place face à mes lèvres.

Son geste a quelque chose d'intime. Il ne me tend pas la

cigarette. Il la porte à ma bouche. Je sens l'odeur de savon de ses mains, avec une note de tabac et de cendres.

Je n'ai encore jamais fumé de ma vie.

Je réalise avec un temps de retard que c'est une très mauvaise idée. L'odeur sera partout. Sur ma robe. Dans mon haleine.

Je suis censée regagner la piste de danse et jouer les filles à papa idéales le reste de la soirée, et je viens de commettre un faux pas qui ferait tiquer toutes les amies de ma mère. *Fumer !*

Mais le beau serveur me regarde avec un air de défi. Je réalise qu'il perçoit tout : ma naïveté, ma rébellion ridicule.

Et je n'ai pas l'impression que cela l'amuse. Il ne trouve pas mon comportement adorable. En fait, je vois une touche de mépris dans ses yeux noirs.

Alors je relève le défi. Je referme mes lèvres roses sur le filtre de sa cigarette, et j'aspire.

Et je m'étouffe.

Je tousse.

Je tente de prendre une bouffée d'air frais pour soulager ma gorge et mes poumons en feu.

Je tousse encore.

Puis je jette un regard discret au visage de l'inconnu, qui me regarde toujours avec une expression glaciale.

Il prend une longue bouffée de fumée, sans me quitter des yeux. Il détourne la tête pour ne pas me souffler en plein visage, mais il garde son regard planté dans le mien.

— C'est ton bal ?

Le nœud que j'ai dans le plexus solaire depuis que je me suis réveillée ce matin et que ma mère a commencé à me faire la liste de tout ce que j'avais à faire et de tous mes défauts se resserre. Je regarde au loin, en direction de l'eau d'un noir d'encre en contrebas.

— Apparemment, réponds-je.

Il détecte mon ton amer et esquisse un sourire. Un sourire dévastateur. J'ai les jambes en coton, et un tourbillon brûlant envahit mon centre.

— Alors tu viens ici pour te rebeller ?

Son sourire en coin grandit. Cela transforme son visage, lui donne un air plus juvénile.

Je lui prends sa cigarette des doigts et tente d'aspirer une autre bouffée. Je tousse à nouveau.

— Il faut croire, oui.

Il me jette un long regard scrutateur.

— Eh bien, la rébellion te va à merveille.

Je lui jette un regard surpris et tente de déterminer s'il est sincère. Je ne m'attendais pas à un compliment de sa part. J'étais sûre qu'il se moquerait de moi.

Une fois que je commence à l'observer, je n'arrive plus à me détourner. Je suis époustouflée par sa beauté. Par les ridules aux coins de ses yeux, par son nez romain, par sa mâchoire carrée. Par ses grandes mains, susceptibles de causer beaucoup de dégâts.

Ou beaucoup de plaisir...

Il reprend sa cigarette et la jette dans l'eau.

— Dans ce cas... dit-il.

Il me tend la main avec galanterie.

Alors que je me demande si je dois la saisir, je me sens étourdie. Comme si quelque part, je savais que ma vie ne serait plus jamais la même.

— Viens, ajoute-t-il en s'éloignant du garde-corps, comme s'il avait un plan. Essayons de te causer de vrais ennuis.

Chapitre Un

1967 (7 ans plus tard), Newport, Rhode Island

ntonio

— Votre temps est écoulé.

Vêtu d'un smoking cousu sur mesure pour accommoder ma carrure et mes épaules larges, je suis adossé au mur de la cathédrale Sainte-Marie. Je n'ai pas de pistolet à la main. Je n'en ai pas besoin.

Benedict King me connaît. Il sait pourquoi je suis là. Il sait que je représente le don de la famille Beretta. Et il a sans doute aussi réalisé que j'avais posté des hommes aux quatre coins de la cour, mêlés aux huit cents invités du mariage le plus chic de la saison.

— S'il vous plaît, *s'il vous plaît.*

L'homme lève des mains potelées et tremblantes. De la sueur perle sur son front.

— C'est le mariage de ma fille. Laissez-moi au moins l'accompagner jusqu'à l'autel. Laissez-moi la marier avant de me tuer.

La mention de sa fille chérie me cause un rictus.

— Qui vous dit que je ne suis pas venu la tuer, elle aussi ? demandé-je d'un ton nonchalant.

La terreur brille dans les yeux de l'homme grassouillet. Il bat rapidement des paupières, ses pupilles deux points noirs minuscules au centre de ses iris bleu pâle. Il porte un smoking blanc, comme si c'était lui, la vierge vendue à un époux aujourd'hui, et pas sa fille pourrie gâtée.

— Ne touchez pas à Dahlia, dit-il en postillonnant.

— Dès que vous avez emmerdé les Beretta, votre vie, la vie de votre femme, et la vie de votre fille étaient en péril. Et je suis venu réclamer notre dû.

Une goutte de sueur lui coule sur le front.

— Vous ne pouvez pas...

— Benedict ! Où étais-tu passé ? La cérémonie est sur le point de commencer !

Barbara King, ou Babs, comme l'appellent les rubriques mondaines des journaux, accourt, avant de s'arrêter net en me voyant. Après un regard à son mari, elle réalise que quelque chose cloche.

— Qui êtes-vous ? Que se passe-t-il ?

Je lui adresse un sourire carnassier.

— Je suis le type qui vient vous tuer, Babs.

Elle vacille, blanche comme un linge.

— Rattrapez-la avant qu'elle s'évanouisse, ordonné-je à son abruti de mari.

Les réflexes de Benedict sont lents, mais il parvient à rattraper son épouse par le coude avant qu'elle s'effondre.

— Benedict, sanglote-t-elle. Que se passe-t-il ? Qu'as-tu fait ? demande-t-elle en le dévisageant.

Il la regarde en retour d'un air qui exprime le désarroi. Le regret. L'horreur face à ce qui est sur le point de se passer.

— L'argent que j'ai perdu sur le contrat Shellingham, Babs. Je l'avais emprunté.

Il me jette un coup d'œil, et Babs tourne lentement son regard terrifié vers moi.

— À la *mafia* ? demande-t-elle d'une voix éraillée.

— Tout juste, poupée, interviens-je. Et le Roi des Yachts n'a pas réglé ses comptes avec Don Beretta à temps. Alors aujourd'hui, votre jolie Dahlia n'aura pas droit à son conte de fées.

Le simple fait de prononcer le nom de cette fille m'arrache une moue dégoûtée. Cette fille que je n'aurais pas dû toucher, il y a des années.

Mais aujourd'hui, je tiens enfin ma vengeance.

Le Roi des Yachts et sa précieuse débutante vont payer.

Il ne se souvient pas de moi. Est-ce étonnant ? Je suis seulement la brute, le petit pauvre accoutré d'un smoking au bal de sa fille. Une vie ruinée parmi tant d'autres.

— Attendez. Pouvons-nous faire quelque chose ? m'implore Babs. Les yachts ? Benedict, fais-lui l'inventaire. Ils doivent valoir une fortune !

Je croise les bras pour lui montrer que j'écoute. Je ne suis pas vraiment venu les tuer, même si je suis prêt à le faire s'ils m'y obligent. Mais les cadavres, ça n'enrichit pas le don, alors le véritable but de ma venue, c'est de prendre au Roi des Yachts tout ce qu'il possède.

Y compris sa fille chérie.

Sauf qu'elle, je ne la donnerai pas au don.

Je la garde pour moi.

Benedict jette un regard nerveux à sa femme.

— Euh... oui. Je peux vous donner tout l'inventaire. Quarante-cinq yachts, en comptant ceux en cours de construction.

Quarante-cinq yachts qui ont déjà été achetés. L'armateur, autrefois riche comme Crésus, est désormais criblé de dettes. Mais bien sûr, le don acceptera ces yachts et laissera Benedict se débrouiller avec ses autres créanciers.

C'est pour ça qu'il m'envoie.

Mais j'en veux plus.

Je ne suis pas venu pour une part du gâteau.

Je veux m'emparer de tout son monde.

Démolir ce vermisseau.

Le don ne sera pas content, mais j'arrangerai les choses plus tard. Je ferai tourner les affaires pour lui, et je lui verserai les bénéfices. Je le rendrai riche grâce à une entreprise honnête. En plus, une fois que je lui aurai expliqué l'avantage qu'il y a à posséder toute une flotte pour faire passer des armes de contrebande, il me nommera prince de la famille Beretta.

Je ne dis pas un mot.

— Prenez nos maisons. Nos voitures ! Tout ce que vous voulez ! plaide Babs. Pitié, dites-nous quoi faire, et nous obéirons.

Ah. C'est précisément la brèche qu'il me fallait.

— Je veux l'entreprise. La King Yacht Company.

Benedict semble pris de nausées, mais dès que les mots ont quitté ma bouche, sa femme s'exclame :

— Oui !

Je sors une liasse de documents pliés de la poche intérieure de ma veste de smoking.

— Transmettez-moi tout ce que vous possédez, ordonné-je à Benedict.

— Fais-le ! lui lance Babs.

— Très bien, dit son mari d'un ton sec. Donnez-moi un stylo.

J'attends qu'il ait signé chaque page avant de lui asséner le coup de grâce.

— Ça suffit presque à éponger votre dette.

Babs me regarde, les yeux révulsés.

— Que voulez-vous d'autre ?

Sa voix est suraiguë.

— Votre fille.

À ces mots, ils se figent. Ils me regardent d'un air horrifié.

— C... comment ça, notre f... fille ? demande Babs, le menton tremblant.

J'écarte les mains.

— Vous avez organisé un mariage. L'événement de la saison. Nous allons officialiser les choses. Votre fille va m'épouser aujourd'hui même pour conclure le contrat. Comme ça, tout sera plus logique. L'entreprise est transmise à votre beau-fils.

— Non ! s'exclame Babs, horrifiée.

Benedict fait un pas de côté, vacillant, et se serre la poitrine.

— Je veillerai sur elle tant que vous respectez votre part du contrat.

À présent, Benedict me comprend. Il n'y aura pas d'appel à la police. Pas de tentative de revenir sur le marché. Pas de magouilles avec le sénateur Reese ou son crétin de fils, le maire, pour faire tomber la famille Beretta.

Non, s'il veut survivre, s'il veut que je traite sa fille comme l'héritière brillante que lui et Babs voient en elle, il doit se lier à la *Famiglia*.

Il hoche brusquement la tête.

— D'accord.

— Quoi ? s'exclame Babs, effondrée.

Ses genoux cèdent à nouveau.

— Tu ne peux pas. Benedict... le mariage.

— *Mon* mariage, interviens-je. Mon mariage avec la fille

dont vous me jugiez indigne. *Pas même digne de lécher la merde de ses escarpins.*

Je hausse les sourcils en direction de Benedict. J'ai fantasmé sur ce moment chaque jour que j'ai passé en prison pour un délit fabriqué de toutes pièces par ce type.

— Vous vous souvenez de ça ? demandé-je.

Benedict me regarde d'un air hébété, la bouche ouverte.

Non, il ne s'en souvient pas. Il a détruit la vie de beaucoup trop de gens qu'il considère en dessous de lui pour que ça l'ait marqué.

— Au bal pour son entrée dans la société. Vous vous en souvenez forcément. *La brute, le petit pauvre ?*

Je vois la réalisation, puis la colère, transformer ses traits.

— *Vous.*

Je hoche la tête.

— Moi.

Il écarte les bras.

— *Ça ?* C'est pour ça, toute cette histoire ?

Je ne pourrais pas injecter plus de satisfaction à mon sourire. Oui. C'est pour ça. Sept ans que je prépare mon coup. C'est dans ce but que je suis devenu le bras droit de mon oncle après ma sortie de prison, que j'ai orchestré les investissements ratés de Benedict King et que je me suis assuré qu'il contracte un prêt qu'il était incapable de rembourser.

Oui, je prépare la chute de cet homme depuis le soir du bal, quand ses vigiles m'ont tabassé et m'ont traîné au poste de police avec des mensonges que personne n'aurait dû croire.

Et aujourd'hui, c'est ma libération.

Désormais, j'ai tous les droits sur Benedict King, sur sa femme, et surtout, sur sa sale gamine coincée.

Celle qui est sur le point de faire le serment de m'aimer, de m'être fidèle et de m'obéir.

** * **

Dahlia

J'ai un diadème sur la tête. Moi, je voulais une couronne de fleurs. Le genre avec des rubans qui se mêlent à de douces ondulations, mais ma mère n'a rien voulu entendre.

Mes cheveux sont relevés en chignon pour dévoiler les boucles d'oreille ornées de diamants que Jake m'a offertes pour nos fiançailles. J'ai fait valoir que le diadème risquait d'éclipser les boucles d'oreilles, mais au bout du compte, je n'ai pas eu mon mot à dire.

Ça a beau être mon mariage, comme chaque instant de ma vie, ce moment appartient à mes parents.

Béa, ma meilleure amie, que j'aurais voulu avoir pour demoiselle d'honneur, si ma mère ne s'en était pas mêlée, applique du blush sur mes joues.

— Tu es toute pâle, dit-elle. Tu ne vas pas vomir, hein ?

Je regarde par la fenêtre de la cathédrale. Les invités arrivent. Des centaines de personnes que je ne connais pas vraiment.

Bien sûr, j'ai mémorisé leurs noms et leurs fonctions. Je sais qui est qui et ce qu'ils signifient aux yeux de ma famille et des Reese. Je sais qu'aujourd'hui, je dois tous les charmer.

C'est mon boulot.

Ce mariage n'a rien à voir avec l'amour. C'est un événement politique orchestré par les Reese et mes parents pour servir la carrière de maire de Jake et le propulser au poste de gouverneur de l'État de New York.

Voilà mon travail pour le restant de mes jours : être belle, retenir le nom des gens. Charmer les bonnes personnes.

— Je n'aurais pas grand-chose à vomir. Je n'ai rien avalé, aujourd'hui.

— C'est peut-être ça le problème, justement, dit Béa d'un ton désapprobateur. Je vais te chercher quelque chose à manger.

La porte s'ouvre, et ma mère glisse la tête dans la pièce.

— C'est l'heure. Viens là, Dahlia. Il y a un changement de programme.

Son expression a quelque chose de déchaîné, d'hystérique. Pour une fois, elle ne me scrute pas d'un air critique pour me faire la liste de ce qui ne va pas chez moi. Il doit y avoir un souci en coulisses.

Le prêtre n'est pas là. Ou la sœur de Jake, ma demoiselle d'honneur teigneuse, s'est foulé la cheville ou quelque chose dans le genre. Quel que soit le souci, en tout cas, elle ne pourra pas me le mettre sur le dos.

— Béa, laisse-nous une minute, ordonne ma mère.

— Bien sûr, Mme King. Je m'apprêtais à chercher quelque chose à manger pour Dahlia.

Béa lève les yeux au ciel à mon intention en passant dans le dos de ma mère, puis elle me souffle un baiser.

Je sais que quelque chose cloche vraiment lorsque ma mère omet de dire à Béa que je ne peux pas manger, sous peine d'avoir le ventre gonflé dans ma robe de mariée.

— Écoute-moi, Dahlia.

Ma mère saisit mes épaules nues avec tant de force que je tente de me dégager. Elle me secoue.

— Maman, tu vas me faire des marques !

Elle ne voudrait certainement pas que les épaules

blanches comme neige de sa fille se retrouvent pleines de taches rouges lorsqu'elle remontera l'allée.

— *Écoute-moi.*

Quelque chose dans son ton me fait oublier mon agacement. Je ne l'ai encore jamais entendue parler comme ça. Elle est toujours mesurée, courtoise. Même quand elle balance des piques.

Je me fige.

— Qu'est-ce qu'il y a ? C'est papa ?

Mon père est stressé et en surpoids. Tous les ingrédients d'une crise cardiaque.

— Non. Oui. Écoute !

— Je t'écoute, maman, dis-je d'une voix soudain très aiguë. *Dis-moi ce qui se passe.*

— Tu vas te rendre jusqu'à l'autel, et tu épouseras l'homme qui s'y trouvera.

Je cligne des yeux. *Ben oui, c'est le principe.*

Ma mère aurait-elle pris trop de Valium ?

— Et ?

Ma mère secoue la tête d'un air désespéré.

De toute évidence, je passe à côté de quelque chose.

Béa frappe à la porte et passe la tête à l'intérieur.

— C'est l'heure ! Tout le monde vous attend.

— Tu épouseras l'homme devant l'autel, insiste ma mère, comme si ces mots avaient un sens profond.

— C'est le but, dis-je d'un ton faussement léger.

Jake Reese, mon promis depuis que j'ai treize ans.

Un homme que je n'aime pas et n'admire pas. Un crétin pompeux qui ne pense qu'à lui.

Je jette un regard perplexe à Béa, qui me tend un énorme bouquet blanc et pêche.

Elle hausse les épaules.

— C'est le grand moment, dit-elle.

Elle ramasse ma traîne pour que je marche devant elle.

Derrière moi, ma mère me lance :

— Promets-moi. Promets-moi que tu le feras.

Mais que se passe-t-il, bon sang ?

Peu importe. Je n'ai pas le temps pour son cirque, aujourd'hui.

— Je le fais en ce moment même, maman.

Je ne me retourne pas. Nous sommes arrivées aux portes de la cathédrale, où attendent mes proches.

Ma mère prend l'un des garçons d'honneur par le bras.

— Nos vies à tous en dépendent, me glisse-t-elle juste avant d'entrer dans la cathédrale.

— Nom de Dieu. Elle a commencé le vin d'honneur avant tout le monde ? murmure Béa.

J'étouffe un rire. Heureusement que mon amie est là, sinon je ne tiendrais pas le coup.

Elle prend le bras d'un garçon d'honneur et remonte l'allée.

Je ne vois pas Britt, ma demoiselle d'honneur. Elle a peut-être déjà remonté l'allée ? Je suis perdue.

La petite fille chargée de jeter des pétales de rose sur mon passage s'avance à son tour.

— À nous, annonce mon père en me tendant son bras.

En le prenant, je réalise que lui non plus ne semble pas aller bien. Je m'arrête.

— Papa ? Que se passe-t-il ?

Il transpire. Il halète. Il semble sur le point de s'effondrer.

— Ta mère t'a parlé ?

— Oui, mais je ne comprends pas. Que se passe-t-il ?

— Contente-toi de remonter l'allée et de prononcer tes vœux face à l'homme qui se trouve devant l'autel, et nous survivrons tous à cette journée.

Il m'entraîne dans la cathédrale.

Huit cents corps se lèvent lorsque les violonistes entament la marche nuptiale de Wagner.

Nous survivrons tous à cette journée.

Mes pieds avancent tout seuls. La traîne de ma robe ondule derrière moi. Je ne comprends rien à ce que vient de dire mon père. Ça n'a aucun sens.

Les invités se tournent vers moi d'un air curieux. J'entends des murmures, mais ils n'ont rien à voir avec ma beauté. Les questions fusent.

Qui épouse-t-elle ? Où est Jake ? Que se passe-t-il ?

J'accentue mon sourire factice et jette un regard à l'autel, en direction de mon fiancé.

C'est alors que je réalise que ce n'est pas le futur maire de New York qui m'attend.

C'est quelqu'un d'autre. Un homme brun qui m'observe intensément.

À présent, je comprends mieux ce que voulaient dire mes parents. J'épouse quelqu'un d'autre, aujourd'hui. Et c'est une question de vie ou de mort.

En m'approchant, j'ai le souffle coupé.

Mon Dieu.

C'est impossible.

C'est *lui. Le type du bal.*

Chapitre Deux

ntonio
Dahlia lâche son bouquet.

Ses lèvres s'entrouvrent.

Benedict s'arrête pour ramasser la cascade de roses et la lui tendre.

— Prononce tes vœux, siffle-t-il en conduisant sa fille à l'autel et en soulevant son voile.

Dahlia ne m'a pas quitté des yeux un seul instant, son regard bleu pâle planté dans le mien. Elle pivote pour jeter un coup d'œil par-dessus son épaule en direction de sa mère, qui sanglote sur le premier banc. Puis elle passe en revue les issues, remarquant sans doute que j'ai pensé à tout.

— Aucune échappatoire, Dahlia, susurré-je. Tu viens d'être vendue.

Je dis cela par cruauté. Afin de la punir pour les agissements de son père. Et les siens.

Avec Dahlia, je prends une revanche exemplaire.

Elle porte de nouveau son regard vers moi. Je m'attends

à y voir de la confusion. Des larmes. Du déni. Au lieu de cela, elle lève le menton.

— Je n'ai pas l'intention de fuir.

À ces mots, je me souviens de la raison pour laquelle je l'ai débauchée, il y a sept ans. C'est ce côté rebelle qui m'a plu, qui la séparait des autres personnes de sa classe. J'ai cru - à tort - que cela signifiait qu'une âme se cachait sous cette carapace de perfection.

Je jette un regard au prêtre, avec qui je me suis entretenu avant l'arrivée de Dahlia. Il devrait se montrer compréhensif, après la contribution que je viens de faire pour l'église.

— Allez-y, dis-je.

Il salue l'assistance.

— En accord avec les souhaits de la famille, nous omettrons les lectures et les prières pour passer directement à l'échange de consentement. Antonio et Dahlia, vous engagez-vous librement et sans contrainte ?

Je hoche la tête.

— Oui.

Dahlia jette un nouveau regard à ses parents assis au premier rang. Ils hochent vigoureusement la tête dans sa direction. Elle se tourne ensuite vers ses demoiselles d'honneur, qui semblent tout aussi déroutées qu'elle. Béa secoue la tête.

Je penche la mienne et adresse un regard d'avertissement à Dahlia. Elle ne me connaît pas. Elle ignore ce dont je suis capable. À mon avis, elle ne connaissait même pas mon prénom avant que le prêtre le prononce. Mais elle comprend mon regard. Je le sais, car elle pâlit et déglutit.

— Oui, dit-elle.

À sa décharge, sa voix est claire et ferme.

Elle a été élevée pour la performance publique, et là, c'est le rôle de sa vie.

— Êtes-vous prêts, si vous vous épousez, à vous aimer et à vous respecter jusqu'à ce que la mort vous sépare ?

— Oui, réponds-je.

— Oui.

— Êtes-vous prêts à accepter des enfants de Dieu et à les élever dans l'amour, selon les principes du Christ et de cette Église ?

Une petite onde de choc parcourt Dahlia à la mention des enfants, mais après un bref regard vers ses parents, elle répond après moi :

— Oui.

— Puisque votre intention est de vous unir par les liens du mariage, joignez vos mains droites, et échangez vos consentements devant Dieu et cette Église.

Je prends la main tremblante de ma promise dans la mienne.

— Moi, Antonio Beretta, te reçois, Dahlia King, comme épouse.

Des exclamations retentissent dans l'assemblée à la mention de mon nom de famille.

— Je te jure fidélité, dans le bonheur comme dans les épreuves, dans la santé comme dans la maladie, et promets de t'aimer et de t'honorer chaque jour de ma vie.

Eh oui, tout le monde. Le Roi des Yachts vient de se faire baiser.

À présent, il ne me reste plus qu'à accorder le même traitement à sa fille.

Je m'attends à ce que cette étape soit tout aussi jouissive, voire plus.

Dahlia prononce sagement ses vœux, et nous échangeons les alliances. Oui, je lui passe au doigt celle que son fiancé lui a achetée. Je l'ai arrachée au jeune politicard avant de le mettre dans une limousine direction Manhattan avec sa famille, sous la garde de quelques-uns de mes hommes. Je laisse à Benedict le soin de s'assurer qu'ils ne fassent pas de vagues, une fois le mariage acté.

Le prêtre nous déclare mari et femme. Il ne me suggère pas d'embrasser la mariée, mais je prends ce qui m'est dû. Je place une main sur son visage sans défauts et soulève ses lèvres vers les miennes.

La colère traverse ses yeux pâles lorsque je baisse la tête. Ma bouche s'arrête juste au-dessus de la sienne.

— Sois gentille et embrasse ton mari, murmuré-je.

— Va te faire foutre, chuchote-t-elle.

Mais elle se met sur la pointe des pieds et dépose un rapide baiser sur mes lèvres. Elle tente de reculer, mais je la maintiens en place et glisse la langue dans sa bouche face à toute l'assemblée.

J'entends des halètements choqués. Les murmures prennent de l'ampleur tandis que je poursuis mon invasion de la bouche de la jeune mariée.

Elle a un goût de dentifrice à la menthe. Ses lèvres sont aussi douces que dans mes souvenirs. Sa peau est lisse. J'imagine que j'étais en tort, à l'époque. Mais embrasser une gamine ne justifie pas de passer trois ans en tôle.

Elle commence à se débattre et à me repousser, mais je tiens bon.

Il faut qu'elle comprenne que dans cette relation, elle ne maîtrise rien. Surtout l'usage que je ferai de son joli petit corps.

Je recule lentement, la main toujours posée sur sa joue. Je passe le pouce sur sa pommette.

— Ta désobéissance aura des conséquences, *principessa*.

Elle ne fait pas un bruit, à l'exception du petit soupir indigné qui échappe à sa poitrine.

— Maintenant, souris, prends-moi le bras, et quitte l'église avec moi. Je suis le nouveau Roi des Yachts, et tu es mon gros lot.

Je la mène droit dehors, où l'on nous jette du riz. Nous sourions, agitons la main, et montons dans la limousine qui nous attend.

— On va au yacht, ordonné-je.

Le cadeau de mariage de Benedict au jeune couple était un bateau flambant neuf du nom de *Lune de Miel,* acheté avec l'argent de mon oncle. Il m'appartient, à présent. J'ai déjà demandé à Benedict de rappeler les membres d'équipage. Tous sauf le capitaine, qui se trouve désormais à ma solde. Mes hommes occuperont l'embarcation. Ma branche de la famille Beretta vient de se trouver un nouveau quartier général.

Dahlia regarde par la fenêtre, incrédule. Je glisse le bras devant elle pour ouvrir la vitre teintée.

— Souris et fais coucou, ma chérie. Montre-leur à quel point nous sommes heureux.

Je m'attends à un nouveau *va te faire foutre*, mais elle se contente de marmonner *je ne suis pas ta chérie* et d'obéir. Ça lui ressemble, j'imagine. Ses actes de rébellion ne sont que de rapides aperçus de sa véritable personnalité, mais dans l'ensemble, elle fait ce que l'on attend d'elle. Comme si elle était incapable de se défaire du moule créé pour elle, bien qu'elle le déteste.

Une fois que la foule ne peut plus nous voir, elle se tourne vers moi et me dévisage.

— Que vient-il de se passer... *Antonio* ?

Elle crache mon nom comme s'il l'offensait. Comme si je le lui avais caché pendant toutes ces années.

— Je viens de réclamer mon dû.

Je m'enfonce dans le siège de la limousine, les veines parcourues par la satisfaction.

Elle ouvre la bouche, la ferme, puis l'ouvre à nouveau.

— Et ton *dû,* c'est moi ?

— Non, c'est l'entreprise de yachts. Toi, tu es la cerise sur le gâteau. Le coup de grâce, dis-je en français.

Je me demande si je l'impressionne, en parlant cette langue. Si elle se demande où un simple serveur, qu'elle a laissé se faire traîner hors du bal par les gorilles de son père, a pu apprendre un tel raffinement. Certainement pas dans un lycée privé comme le sien. Non, mon éducation s'est faite en prison. Le français faisait partie de l'un des nombreux cours par correspondance que j'ai suivis pendant que je préparais ma vengeance.

J'avais besoin du plus de compétences possible afin de mener la vie de Benedict King.

Dahlia me regarde d'un air complètement perdu.

Ah. Elle ne sait pas ce qui m'est arrivé.

— Tu ne t'es jamais demandé ce que j'étais devenu, *principessa ?*

Le rouge lui monte aux joues, sans doute à l'idée de ce que je lui ai fait dans ce placard, il y a sept ans.

— Bien sûr que je me le suis demandé ! répond-elle d'un ton outré.

Je ne la crois pas. En tout cas, son père ne se souvenait ni de moi ni de ce qu'il m'avait fait. Honnêtement, je ne m'attendais pas à ce que Dahlia me reconnaisse, devant l'autel.

— N'essaye pas de me faire croire que tu as pensé à moi.

Je lui caresse la joue, et elle se détourne d'un geste brusque.

— Je ne comprends vraiment pas ce qui se passe. Pourquoi m'avoir épousée ? Qu'est-il arrivé à Jake ? Comment tiens-tu mes parents ?

Entendre parler de son mec me fait serrer les dents. Ça fait des années que j'utilise sa photo trouvée dans les journaux comme cible aux fléchettes.

— Sois patiente, *bella*.

— Non. Dis-le-moi maintenant.

— Oh, Dahlia. Je peux te dire une chose concernant notre vie maritale, réponds-je avec un regard menaçant. Ce n'est pas toi qui donnes les ordres.

La colère flambe dans ses yeux, mais elle ferme la bouche dans un claquement et ne rétorque rien. Soit parce qu'elle est trop bien élevée, soit parce qu'elle a peur de moi. Étonnamment, j'espère que c'est parce qu'elle est trop bien élevée.

Elle jette un regard en arrière, en direction de la cathédrale.

— On saute la réception ?

J'imagine son cerveau caler tandis qu'elle réalise que le mariage parfaitement planifié de sa mère vient d'être complètement chamboulé.

— Oui, ma belle. Je te garde en cage jusqu'à ce que tu me sois suffisamment soumise.

Elle triture son diadème, puis l'arrache, faisant retomber ses boucles. On pourrait croire qu'elle aussi a passé du temps en tôle, car elle frappe sans prévenir. Elle se sert du diadème comme d'une arme et vise mes yeux.

Je lui attrape le poignet, mais pas avant qu'elle m'égratigne le front.

Sa bouche forme un O choqué lorsqu'elle voit mon sang couler.

À contrecœur, je ressens une pointe d'admiration. J'aime les battantes. Sa défaite n'en sera que plus douce.

— Ah, voilà la rebelle de mes souvenirs.

Je continue de lui maintenir le poignet, et de ma main libre, je la prends par la taille pour l'asseoir sur mes genoux. L'espace d'un instant, je suis ravi de sentir la courbe de ses fesses contre mon membre. De sentir les contours de sa taille sous sa robe en soie. De sentir son odeur de miel et de gingembre.

— Je te punirai pour ça. Lâche ton arme, chérie.

Au lieu d'ouvrir les doigts, elle se met à lutter et tente de me donner un autre coup de diadème.

— Dahlia.

Je n'ai pas haussé le ton ; j'ai baissé la voix.

Elle prend une brusque inspiration, sans doute consciente de la menace.

— T'apprendre à obéir sera un plaisir pour moi, mais je doute que ce soit réciproque.

* * *

Dahlia

J'ignore comment je me suis retrouvée à me battre avec cet homme.

Avec *Antonio*. Le type qui m'a fait vivre le moment le plus excitant de toute ma vie. Un type qui semble désormais appartenir à une organisation criminelle. À la mafia, sans aucun doute.

Je devrais probablement être morte de peur, vu que je viens de le faire saigner, mais ce n'est pas le cas.

Il a quelque chose de trop familier, même si en tout et pour tout, j'ai dû passer seulement deux heures de ma vie avec lui. Je me sens plutôt en sécurité, même s'il est en train de me menacer.

Peut-être parce qu'il a commencé par m'asseoir sur ses genoux. Comme s'il voulait me rapprocher de lui, pas m'éloigner.

Ou alors, c'est à cause de la touche séductrice dans sa voix lorsqu'il a parlé de punition. Cela me donne envie de découvrir ce qu'il compte me faire si je désobéis.

Et son côté bad boy est toujours bien présent.

Mais j'ai assez peur pour ne pas insister.

Je lâche mon diadème.

— Gentille fille.

Il porte mes doigts pliés à ses lèvres et les mord. Pas fort, mais il ne s'agit pas d'un mordillement non plus. C'est une petite punition. Ou bien un avertissement.

Je ne devrais pas aimer la sensation que produisent en moi les mots *gentille fille*. La chaleur qui se glisse en mon centre. La hausse de la température. Je me tortille sur ses cuisses musclées, et je le sens durcir contre moi.

— Tu me fais mal, dis-je d'une voix plaintive, car ses doigts sont toujours serrés sur mon poignet.

Il me lâche, et je passe le pouce sur la goutte de sang à sa tempe. Il me regarde faire avec son regard doré inflexible.

Je crois me souvenir que c'est précisément ce regard qui m'a fait perdre la tête, à l'époque.

La fois où il m'a prise par la main et m'a entraînée dans un placard pour m'embrasser passionnément. Pour caresser mes épaules nues avec ses grandes mains.

Mais je n'ai aucune idée de ce qui s'est passé entre temps. Je ne sais pas ce qu'il fait ici. Pourquoi il est désormais mon mari. Qu'est-il arrivé à Jake Reese ?

Je tente de rassembler les pièces du puzzle.

— Tu m'as épousée pour mettre la main sur l'entreprise de mon père ?

Antonio lâche un rire dédaigneux.

— Non, *principessa*. Ton père m'a déjà tout transmis. Je t'ai prise parce que j'étais en mesure de le faire.

Je le dévisage.

— Mais pourquoi ?

Une part sombre et désespérée de mon être a envie d'entendre que c'est parce que je compte à ses yeux. Tout comme il m'importe énormément.

Sauf que cela semble peu probable. Qu'est-ce qu'une gamine pourrie gâtée de quinze ans aurait pu représenter pour un jeune homme visiblement expérimenté ? Un type qui connaissait la rue, et Dieu sait quels péchés et plaisirs ? C'est l'impression qu'il m'a faite à l'époque, en tout cas.

Il a changé, cependant. Le bad boy est devenu un homme, et lui qui semblait déjà dangereux est devenu redoutable.

Il place une main autour de mon cou et fait tourner ma tête d'un côté puis de l'autre, comme s'il m'examinait. Comme si j'étais une jument de concours qu'il envisageait d'acheter aux enchères.

Il passe le pouce sur ma lèvre inférieure.

— Parce que, *bella*. C'est par toi que tout a commencé. Alors d'une certaine façon, c'est toi qui as fait de moi le Roi des Yachts.

Cet homme parle par énigmes. Je tente de quitter ses genoux, mais il ne me laisse pas faire.

Il me maintient fermement par la taille et ôte les épingles de mes cheveux.

— Avec moi, tu garderas les cheveux lâchés, m'ordonne-t-il.

Je décide d'ignorer sa proclamation ridicule et je passe la main dans mes mèches de devant.

— Ça ne sera pas joli, dis-je.

Non que je pense que mon devoir soit de lui convenir physiquement. Mais je déteste la façon dont mes ondulations sont figées. Je hais cette coiffure.

— J'ai trop de laque dans les cheveux, ajouté-je.

— Fais-moi voir.

Antonio passe les doigts dans mes ondulations et les lisse sur le côté. Il coince une mèche derrière mon oreille.

La tendresse factice de son geste me fait frémir. Comme si je regrettais que ce ne soit pas réel. Ça me fait peur.

— Désormais, tu t'habilleras pour moi.

Cette fois, je n'arrive pas à me taire.

— Va au diable, dis-je d'un ton cassant. Je ne sais pas ce qui se passe, mais je ne compte pas rester le découvrir.

Il prend une expression intraitable.

— Oh, mais si, Dahlia. Tu es ma femme, désormais. Et la vie de tes parents dépend de ta coopération, *bella*. Mais je t'en prie, comme je te l'ai dit tout à l'heure, désobéis-moi. Je serai ravi de te reprendre en main.

Ses mots me poussent à me tortiller sur ses genoux. Je tente de me convaincre que j'essaye simplement de me libérer, mais je crois plutôt que je cherche à soulager la tension qu'il produit en mon centre.

— J'ai envie de vomir, gémis-je.

Comme mes parents, Antonio me traite comme une gamine dissipée. Alors je deviens irascible.

Sans cesser de me maintenir d'une main, Antonio prend une bouteille d'eau pétillante, qu'il ouvre et porte à mes lèvres.

Je tente de la lui prendre, mais il la tient hors de ma

portée. Il attend que je baisse les mains avant de la porter de nouveau à mes lèvres. Je me mets à boire, soudain assoiffée.

La limousine s'arrête, et Antonio attend qu'un homme en costume nous ouvre la portière. Lui aussi semble appartenir à la mafia.

Antonio m'aide à sortir et parle à l'homme en italien. Ce dernier répond d'un ton suave pendant qu'Antonio descend et me prend par la main.

J'essaye de comprendre leur conversation, mais je ne parle pas italien, et le latin que j'ai appris au lycée est trop mauvais pour m'être d'une quelconque utilité. La seule langue étrangère que je maîtrise, c'est le français, et c'est seulement parce que mes parents m'ont envoyée à Paris en stage d'été.

— Viens, *principessa*.

Antonio m'entraîne vers le yacht, le cadeau tape-à-l'œil que mon père nous réservait, à Jake et moi. Un cadeau que toutes les rubriques mondaines prendraient en photo et mentionneraient dans leurs pages.

Avec ses soixante-quinze mètres, l'embarcation gigantesque possède une piscine et un jacuzzi sur le pont extérieur, un atrium splendide sur deux étages, et quatre ponts intérieurs. Une salle de cinéma ainsi qu'une salle de restaurant luxueuse sont disponibles pour divertir des invités qui pourraient dormir dans l'une des suites. La suite principale est digne d'un roi, avec ses plafonds en forme de voûte avec poutres apparentes.

Mon père a nommé le yacht *Lune de Miel*. Il me l'a montré après sa construction, pas parce qu'il me le destinait, mais pour que j'en mémorise chaque détail. Pour que je puisse chanter ses louanges lorsque je le ferais visiter lors de meetings politiques et de fêtes à bord.

Je n'imagine même pas la fureur qu'il doit ressentir face

à ce fiasco. Toute sa fortune et sa précieuse fille unique, accaparées par un chef mafieux. Notre réputation à jamais entachée par le crime.

Alors qu'Antonio me guide en direction du yacht, je traîne les pieds. Quelque part, je sais que si je monte sur le *Lune de Miel*, il n'y aura pas de retour en arrière possible. Comme si les consentements que nous avions échangés à l'église n'étaient pas réels, mais qu'ils étaient sur le point de le devenir. Comme si c'était le moment où tout allait changer.

Je jette un regard désespéré alentour, espérant voir un employé de mon père ou un policier. De l'aide, d'où qu'elle vienne.

Antonio ne dit rien, mais un instant plus tard, je me retrouve à la renverse sur son épaule tandis qu'il monte la passerelle.

— Arrête ! m'exclamé-je en donnant des coups de pied dans le vide. Repose-moi ! Je ne viens pas avec toi.

Antonio ignore mes protestations et continue de me porter dans cette position humiliante, comme un sac de pommes de terre.

C'est alors que je réalise qu'aucun des membres d'équipage de mon père ne se trouve sur le bateau. Ils ont tous été remplacés par des mafieux. Des hommes armés et dangereux.

Pour la première fois, je ressens une peur bien réelle. J'assimile enfin les menaces qu'Antonio a proférées contre la vie de mes parents. J'ignore pourquoi je n'avais pas vraiment peur, jusqu'à présent. Je crois que voir l'homme de tant de mes fantasmes - un homme que je ne pensais plus jamais revoir - debout devant l'autel a atténué mon sens du danger.

Mais à présent, je le ressens dans chacune de mes cellules. Jusqu'à l'os.

Cet homme est redoutable. Des gens sont morts de sa main. Et en ce moment même, c'est ma famille et moi qui sommes dans son viseur.

Je change de ton :

— S'il te plaît. Je suis désolée. Antonio, je t'en prie, repose-moi.

Il me donne une claque sur les fesses.

— C'est ça, supplie-moi, chérie. Dans ta bouche, je trouve ça délicieux.

Je ravale le *je ne suis pas ta chérie* insolent qui veut passer mes lèvres, et je m'efforce d'arrêter de me débattre.

— S'il te plaît, retenté-je.

Antonio me porte jusqu'à la suite principale et ferme la porte derrière nous. La décoration est l'œuvre de la célèbre architecte d'intérieur Caroline Ferdova, et la pièce est couverte de papier peint or et argent ainsi que d'une épaisse moquette blanche qui sera déjà sale à la fin de notre premier voyage.

La suite a été préparée en vue de ma lune de miel. Des pétales de roses sont éparpillés sur le couvre-lit.

Des verres à champagne sont posés sur la table de chevet.

Antonio me laisse tomber au centre du lit. Un sein se libère de mon bustier, et je m'empresse de le couvrir.

Oh, Seigneur.

Je réalise soudain ce qui ne m'avait pas effleurée, à l'église ou dans la limousine.

Il se peut que ce faux mariage doive être consommé.

Mes yeux se tournent vers ceux de mon nouveau mari, et sous le choc, j'obtiens confirmation. Il a les paupières mi-closes, et sa langue pousse contre sa joue tandis qu'il me dévore d'un regard brûlant.

— Je ne coucherai pas avec toi ! dis-je à la hâte avant que cela n'aille plus loin.

Les lèvres d'Antonio frémissent. Il hausse un sourcil.

— Si, Dahlia.

Je recule maladroitement sur le lit et remonte ma traîne pour m'agenouiller.

— Je refuse. Tu ne... tu ne... Ce serait un viol !

Comme pour ponctuer ce moment, le yacht se met en mouvement, m'arrachant à mon seul espoir d'être sauvée.

Honnêtement, la perspective de consommer mon mariage me répugnait beaucoup plus avec Jake qu'avec Antonio, mais je ne me donnerai pas aussi facilement. Hors de question que je me laisse faire. J'ai des limites, et...

Je réalise qu'Antonio ne semble plus amusé. D'ailleurs, il y a une moue maussade sur sa bouche sensuelle.

— Je ne te violerai pas.

Il est parfaitement immobile, à présent, et je le trouve encore plus menaçant que quand il s'approchait de moi.

— Tu te donneras librement à moi. En fait, tu me supplieras même de te donner ce que tu désires.

Son assurance me donne la chair de poule. Je m'en veux de savoir précisément ce qu'il pourrait me faire pour me pousser à le supplier.

— Mais tu ne quitteras pas ce yacht avant d'avoir consommé ce mariage, ajoute-t-il en s'approchant, main tendue. Maintenant, viens là pour ta punition.

Je me colle au mur et lâche un rire un peu hystérique.

— Je ne crois pas, non.

— La sentence sera multipliée par deux si tu m'obliges à venir te chercher.

Chapitre Trois

A*ntonio*

Je dois bien admettre que mon épouse est exquise. Ses cheveux bruns lui tombent sur les épaules, encadrant un visage pâle en forme de cœur et des yeux bleus pleins d'intelligence. Sa perfection ne fait qu'amplifier ma joie de l'avoir soustraite à l'avenir qui lui était réservé.

Je dois prendre sur moi pour rester cruel. Elle m'a amadoué dès l'instant où je l'ai touchée ; c'est le pouvoir qu'ont les belles femmes.

C'est comme ça qu'elle m'a mené à ma perte, lors de notre rencontre.

Mais la prendre en main n'en restera pas moins un plaisir.

Je reste détendu, une main fourrée dans la poche de mon pantalon de smoking, l'autre toujours galamment tendue vers elle.

— Dernière chance, Dahlia. Accepte ta punition, ou je t'interdirai de t'habiller.

Je viens d'inventer ce châtiment, mais désormais, j'espère qu'elle se rebellera.

Ses joues pâles prennent une teinte rose-pêche, mais elle ne bouge pas.

Mon membre se presse contre ma braguette. D'un bond, je l'attrape et la soulève, tout en veillant à ne pas lui faire de bleus.

Elle se tortille et se débat, alors je bloque ses bras le long de son corps, ses fesses moelleuses collées à mes cuisses.

Elle finit par cesser de lutter, et elle tord le cou pour essayer de me voir.

— Il va falloir que je t'attache pour ta fessée, *principessa* ?

Elle me fusille du regard.

Je prends le risque de la relâcher, lentement, et elle reste immobile. Je la fais tourner avec douceur et colle son buste au lit.

— Écarte les jambes, *amore*.

Elle n'obéit pas, mais je ne m'attendais pas à ce qu'elle le fasse. Elle n'essaye pas de m'arracher les yeux, c'est déjà ça.

Je dégrafe la traîne de sa robe, puis j'ouvre sa fermeture éclair jusqu'à ce que le tissu tombe en tas à ses pieds.

Elle ne porte pas de soutien-gorge. Elle est debout, en talons, jarretières, bas blancs, et une culotte de dentelle qui ne demande qu'à être baissée.

Je plaque une main entre ses omoplates, et je lui donne une tape sur les fesses. Pas fort, mais pas trop mollement non plus.

Assez pour lui arracher un halètement.

— Quand je te donne un ordre, *principessa*, j'attends de toi que tu obéisses.

Je lui donne une nouvelle tape, sur l'autre fesse, cette fois.

Je répète mon geste à plusieurs reprises, d'un côté puis de l'autre, avant de glisser les pouces sous l'élastique de sa culotte pour la faire descendre lentement sur ses cuisses.

Elle arrondit le dos, le visage enfoui dans les draps.

— Gentille fille, la complimenté-je, car elle encaisse sa punition sans broncher.

Et parce que je suis ravi de la punir.

Beaucoup plus que je ne l'avais imaginé.

Quand je prévoyais de conquérir Dahlia, je n'avais que ma vengeance en tête. La fille à papa qui était trop bien pour moi il y a sept ans, désormais à ma merci. Je comptais lui faire peur. La remettre à sa place. Lui faire regretter de m'avoir rencontré.

Le but était surtout de punir son père, mais aussi de donner une bonne leçon à cette gamine pourrie gâtée.

Maintenant qu'elle est dans mon lit, qu'elle est ma femme, mon désir de la châtier s'est transformé en quelque chose de plus... agréable. Et de plus salace, sans aucun doute.

La meilleure vengeance de toutes sera de débaucher cette parfaite petite mondaine. De la dresser en me servant de la douleur et du plaisir.

Je caresse sa chair nue et remarque la chaleur que j'ai déjà produite, la marque rouge de mes mains.

Elle se tourne pour me jeter un regard alarmé, sans doute inquiète à l'idée que je tente de la dépuceler. Je réponds d'une claque cinglante sur ses fesses.

Elle cache de nouveau son visage.

Je prends mon temps, savourant le frémissement de sa chair sous ma paume, les claquements qui retentissent dans la pièce. Je ne lui cause pas une réelle douleur. Je fais surtout valoir mon autorité.

Dahlia halète et se trémousse, me donnant une érection.

Mes bourses sont lourdes de désir. Mais j'étais sincère ; je ne compte pas la forcer. J'ai des limites.

Je vais simplement devoir lui montrer tout ce qu'elle a raté jusqu'à présent. Je la mettrai dans tous ses états, avant de lui refuser la jouissance. Si je répète ce schéma assez souvent, elle finira par me supplier de le faire.

Je m'interromps et glisse deux doigts entre ses jambes. Elle n'est pas mouillée. Elle est *trempée*.

— Mmm. Tu dégoulines déjà, Dahlia. Ta fessée te plaît ?

— Quoi ? Non !

Elle croise les jambes, et je ris.

— Tu essayes de soulager cette envie que j'ai fait naître en toi, *bella* ?

Elle contracte les cuisses avec encore plus de force.

Je me remets à la fesser, de plus en plus fort, jusqu'à ce que sa peau prenne une jolie teinte rose.

— Écarte les jambes, ordonné-je.

Elle ne bouge pas.

Je lui donne quelques tapes, bien plus fortes qu'avant, et elle pousse un cri aigu.

— Aïe ! Hé ! Ça fait mal.

— Écarte les jambes, bébé.

Elle décroise les cuisses et les écarte de quelques centimètres.

Je glisse les doigts dans ses fluides, une caresse de récompense. Cette fois, elle ne bouge pas, comme si elle écoutait le mouvement de mes doigts. Comme si elle en voulait plus.

Je prends mon temps et explore lentement ses replis. Je fais le tour de son clitoris. J'appuie. Elle se frotte à mes doigts. Je me demande si elle a déjà eu un orgasme. Si elle a toujours protégé sa virginité de près. A-t-elle fait des choses avec d'autres garçons, aux bals ? A-t-elle tout tenté, sauf la pénétration ?

Cette idée m'envoie une vague de possessivité. J'ai envie d'assassiner tous les types qui l'ont touchée.

Je reprends mes doigts et lui assène quelques coups sur les fesses, bien qu'elle n'ait rien fait pour mériter ça.

— Arrête ! s'écrie-t-elle.

— Tu encaisses ce que je te donne, *principessa*. C'est comme ça que ça marche.

Elle glisse les bras derrière elle pour se couvrir les fesses. Je lui coince les poignets dans le creux des reins, d'une seule main, avant de reprendre ma lente exploration de ses replis. Sa chair est déjà gonflée d'excitation, prête à m'accueillir.

J'écoute son souffle devenir plus rapide. Je découvre ce qui la pousse à se contracter sur le vide. Je glisse un doigt dans son entrée étroite.

Oui, elle est vierge.

Elle se raidit, les jambes tremblantes, le ventre agité par ses halètements. Je suis doux, allant et venant lentement avec mon doigt, avant de retrouver son clitoris, et de reprendre le processus à zéro.

Un petit soupir échappe à ses lèvres. Puis un gémissement.

Mais je ne lui donne pas satisfaction. Je veux qu'elle soit folle de désir pour moi. Insatiable.

Je lui fais simplement entrevoir le plaisir que je suis en mesure de lui octroyer. Puis je me retire. Je m'assois à côté d'elle sur le lit et l'assois sur mes genoux.

— Ta punition est terminée. Tu l'as bien très bien prise.

J'embrasse son épaule nue, et elle frémit.

— Pourquoi est-ce que tu fais ça ?

Je fais glisser ma paume sur son flanc nu, savourant la sensation de sa peau douce.

— Parce que je le peux, *principessa*.

Mon doigt glisse à l'intérieur de sa cuisse, et elle serre les jambes. Son sexe est toujours trempé, mouillant mon pantalon de costume.

Son estomac se met à gargouiller, et elle se plaque une main sur le ventre, comme si elle avait honte.

— Tu as faim.

Je la soulève de mes genoux, me mets debout, et vais à la porte pour parler à l'un de mes hommes dans le couloir. Lorsque je me tourne vers elle, je la surprends en train d'essayer de remettre sa robe.

— Pas de vêtements, dis-je d'un ton ferme pour qu'elle sache qu'elle ne doit pas me défier.

Elle redouble d'efforts pour remonter sa fermeture éclair.

— *Dahlia.*

Elle se fige et croise mon regard, les lèvres pincées, le menton insolent.

— Ne m'oblige pas à me répéter.

Ses narines se dilatent, mais elle reste immobile un moment, avant d'écarter les doigts d'un coup pour laisser le lourd tissu retomber au sol.

— Pendant combien de temps ?

Elle est futée. Elle pose les bonnes questions. Oui, c'est une sale gamine, mais elle sait aussi quand il vaut mieux tenir sa langue ou attendre son heure. On lui a attribué le rôle de mondaine insipide, mais à mon avis, elle voit clair dans les mensonges de son existence. Elle sait prendre du recul, ou en tout cas, elle a envie de le faire.

— Jusqu'à ce que tu les récupères pour bonne conduite.

Elle place les mains sur les hanches. J'aime la voir ainsi,

nue à l'exception de ses jarretières, de ses bas et de ses talons. Son regard croise le mien. J'ai eu beau la débarrasser de ses vêtements, elle n'a pas honte de sa nudité. Sa fierté est intacte. Sa volonté de femme n'est pas inflexible - elle choisit ses combats -, mais elle n'est pas faible. C'est toujours la fille passionnée qui est venue me trouver à son bal d'entrée dans la société.

Elle plisse les yeux.

— Je ne coucherai pas avec toi.

— Tu me l'as déjà dit. Mais tu m'obéiras. Je sais qu'on t'a élevée pour devenir une bonne petite épouse. Prouve-moi que tu tiendras ce rôle pour moi, et on s'entendra à merveille.

Elle me fusille du regard.

— On m'a élevée pour devenir l'épouse d'un *président,* crache-t-elle. Pas d'un voyou.

Et voilà. La dérision que j'attendais de sa part. Sa certitude que je ne suis pas assez bien pour elle. Que je souillerai son pedigree.

Eh bien, tant mieux. C'était mon intention.

Je hausse un sourcil.

— Il me semble que tu avais bien envie de goûter au voyou en question, quand on s'est rencontrés.

Elle rougit.

— Et tu m'as eu, ajouté-je en écartant les bras, mais sans sourire. Tu peux me croire, Dahlia, tu as ce que tu mérites.

Elle se fige, les lèvres entrouvertes tandis qu'elle tente visiblement de décrypter ma phrase.

Comme je le pressentais, elle n'est pas idiote. Elle me rejoint à grands pas.

— Qu'est-ce qui te fait dire que je mérite ça, hein ? Qu'est-ce que je t'ai fait ?

Je la laisse me dévisager, puis je hoche la tête.

— Ça, c'est le mystère que tu dois élucider, non ?

Dahlia

On m'a élevée pour être jolie, pour connaître les bonnes manières sur le bout des doigts, pour être capable de soutenir une conversation avec les gens dignes de mon attention. J'ai également obtenu un diplôme de la Smith University, mais seulement en éducation musicale. Rien ne m'avait préparée à gérer une situation pareille. Comme il y a sept ans, il semblerait que je sois complètement hors de mon élément, avec Antonio.

On frappe à la porte, et Antonio pointe un doigt vers moi.

— Va sous la couette, Dahlia.

Son ton est pressant, comme si l'idée qu'un de ses hommes me voie nue l'angoissait.

Intéressant. Il me veut en tenue d'Ève, mais seulement pour ses yeux.

Je garde ça précieusement dans un coin de ma tête. J'ai besoin de toutes les informations possibles, y compris concernant les faiblesses et les petites bizarreries de cet homme, si je veux m'extirper de cette situation.

Je fais preuve d'obéissance, comme il me l'a demandé, en ôtant mes talons et en grimpant sur le lit. Je tire sur les draps pour couvrir ma poitrine. J'ai toujours le corps en feu après ma punition. Sa fessée était mesurée ; je ne crois pas qu'il ait cherché à me faire mal, seulement à me dominer. À m'humilier.

Mais mes fesses chauffent et fourmillent, à présent, et la

pulsation brûlante entre mes jambes me fait presque regretter d'avoir refusé de coucher avec mon nouvel époux.

Deux hommes pénètrent dans la pièce - des mafieux, de toute évidence - avec une table dressée. Ils soulèvent deux cloches pour révéler des assiettes chargées d'un assortiment de nourriture. L'odeur alléchante me fait gargouiller l'estomac.

Un troisième homme - encore un employé d'Antonio - arrive avec un seau à champagne rempli de glace.

Il parle à son chef en italien, et lorsque ce dernier hoche la tête, il débouche la bouteille et nous sert deux flûtes.

Lorsque les employés - ou les voyous, ou que sais-je encore - quittent la suite, Antonio me tire une chaise et hausse un sourcil.

Je quitte sagement le lit et m'assois. Lorsque je me rapproche de lui, ma respiration s'emballe, et un frisson me parcourt la peau. Ses yeux deviennent noirs alors qu'il admire les courbes de ma poitrine nue. Je lève le menton, refusant de rougir ou de frémir.

Bon, d'accord, je frémis un peu, mais il est hors de question que je le lui montre.

Il esquisse un sourire.

Je garde la tête haute tandis qu'il pousse ma chaise comme un parfait gentleman.

Je fais comme si manger nue était parfaitement banal, pour moi. Je place ma serviette sur mes genoux et attends que mon jeune mari prenne place.

Il prend l'une des flûtes de champagne. Bien décidée à jouer le jeu le temps d'en apprendre assez pour me sortir de ce bourbier, je prends mon verre.

— À la vengeance, dit-il.

La vengeance. J'imagine que j'aurais dû me douter que c'était à ce jeu-là qu'il jouait, mais comme je ne vois pas pourquoi Antonio nous en voudrait, à mon père ou à moi, je ne l'avais pas vraiment compris.

Je marque une hésitation, et je ne trinque pas avec lui.

— Une vengeance pour quoi ? demandé-je, même si je sais qu'il ne répondra pas.

Tout en posant la question, je scrute son visage. Au lieu d'y lire une pointe de satisfaction, je ne vois qu'un masque dur. Il repose sa flûte sans avoir bu. Comme si ses raisons de se venger étaient bien réelles. Comme s'il avait été blessé.

Par mon père ? J'ai du mal à le croire. Quel lien aurait-il avec un homme comme Antonio ?

Oh.

— Il t'a fait quelque chose, dis-je, le souffle coupé, la gorge sèche. Mon père ? Il t'a fait quelque chose à mon bal. Quoi ?

Antonio reste impassible. Il ne bouge pas, ne parle pas.

Puis, brusquement, il se débarrasse de sa veste de smoking et de ses boutons de manchettes. Lentement, méthodiquement, il retrousse une manche de chemise pour révéler un avant-bras musclé. Il a un tatouage où figurent trois cubes.

Il me le montre comme s'il signifiait quelque chose. J'ignore complètement de quoi il s'agit.

— C'est un tatouage de prison.

J'attends, toujours sans comprendre.

— Tu sais comment j'ai fini en prison ?

Oh, Seigneur. Soudain, je me sens terriblement nauséeuse. La nourriture au fumet si délicieux me retourne soudain l'estomac.

Je bats des paupières pour ravaler des larmes.

— Pas... pas à cause de moi ? demandé-je d'une voix étranglée.

Antonio hoche une fois la tête, ses yeux couleur whisky plantés dans les miens.

— Mais... pourquoi ? Tu n'avais rien fait de mal. Est-ce qu'il a dit que tu m'avais... violée ?

Ma voix est rauque, sèche.

Antonio lâche un rire dénué d'humour.

— Non. Ça aurait entaché ta réputation parfaite, Dahlia. Le fils du maire n'aurait plus voulu de toi. Non, il a concocté une histoire de vol, et il a payé trois témoins pour confirmer ses dires. Mais pas avant que ses gorilles me cassent quatre côtes, le nez, la pommette, et trois dents.

Des larmes me roulent sur les joues. Ce n'est pas possible. Non.

Pourtant, j'ai beau n'avoir jamais vu mon père faire preuve de violence, je sais que c'est la vérité. C'est un homme d'affaires impitoyable. Quand il a un ennemi, il le démolit. Mais je ne l'avais jamais imaginé capable de franchir les limites de la loi, ou de la morale.

— Antonio. Je ne savais pas, je te le jure. Je suis désolée.

Il me regarde d'un air froid.

— Je te crois. Et je te remercie. Mais honnêtement, le fait que tu sois désolée gâche un peu mon plaisir. Alors reprends ton rôle de débutante snob, et je recommencerai à te torturer.

Je mets un moment à me remettre de ma surprise.

— Combien de temps ?

— Hein ?

— Tu comptes me torturer combien de temps ? Quand en auras-tu assez ? Ça ne te suffit pas d'avoir mis la main sur l'entreprise et d'avoir humilié mon père face à toute la haute société new-yorkaise ? Tu comptes me garder indéfiniment ? Je veux dire, comment tu vois la suite ? Je suis censée te faire des enfants ? Jouer les bonnes petites épouses mafieuses ? Tu veux vraiment d'un mariage sans amour ?

— Oh, pitié, rétorque Antonio. Tu veux me faire croire que tu es amoureuse de ton maire chéri ?

Je m'empourpre, pas de honte, mais plutôt d'humiliation face à l'indignité de ma vie dans son ensemble. Face au fait qu'aimer n'a jamais été envisageable pour moi.

— Non, réponds-je, mais je n'avais pas le choix ! Toi si. Pourquoi t'infliger ça ? Tu ne crois pas en l'amour ?

Antonio retrousse la lèvre supérieure, mais il dit :

— Si. Je crois en l'amour. C'est par amour que je fais ça.

Je suis surprise par la jalousie cinglante que ses mots produisent en moi et par la bile qui me monte à la gorge. Y a-t-il une autre femme ? Une petite amie à qui il a dû renoncer en allant en prison ?

— Par amour pour qui ? demandé-je d'une voix cassante.

Antonio renverse légèrement la tête en arrière et me regarde par-dessus l'arête de son nez.

— Pour ma mère.

Je cille.

— Quoi ?

Il prend sa fourchette et la pointe vers mon assiette.

— Mange, Dahlia.

Mon ventre insiste pour que je lui obéisse, malgré mon chamboulement émotionnel. Je ramasse ma fourchette et la plante dans une purée de pommes de terre couverte de sauce au Cabernet. Antonio se coupe un morceau de steak et l'engloutit.

Nous mangeons quelques instants en silence, et je commence à croire qu'il ne me répondra jamais, mais après sa deuxième bouchée, il dit :

— Ma mère a toujours voulu que je mène une vie réglo.

Il boit une gorgée de champagne.

Je prends ma propre flûte et en descends la moitié.

— Je suis né au sein de la famille Beretta. Mon père est mort pour la *Famiglia* quand j'avais quatre ans. Ma mère voulait une vie différente pour moi. Elle a lutté bec et ongles contre la famille pour me tenir à l'écart du milieu. C'est pour ça que je travaillais pour un traiteur, le soir de ta fête. J'aurais pu m'en mettre plein les poches en violant la loi avec mes cousins, mais je m'y refusais. J'avais choisi le droit chemin. Et puis j'ai embrassé la mauvaise fille.

Ma poitrine se serre.

— Je suis désolée.

— Tu représentais une tentation trop forte pour moi, j'imagine.

Je suis agacée par ma réaction, par la bouffée de plaisir qui submerge mon ventre et la jonction entre mes jambes.

Son regard devient sulfureux.

— Et à présent, tu es à moi. J'étais le premier à glisser la langue entre tes lèvres, Dahlia ?

Désormais, la chaleur envahit ma poitrine et mon cou. Maudits soient cet homme et l'effet qu'il me fait !

— Alors ? J'étais le premier ?

— Non. Mais...

Je m'interromps avant d'en dire trop. *Mais c'était la première fois que j'aimais ça. La première fois que je voulais aller plus loin.*

— Mais quoi ?

Je secoue la tête.

— Rien.

Il hausse un sourcil et patiente, mais il est hors de question que je lui fasse le plaisir de lui dire que ce baiser a changé ma vie.

L'assurance avec laquelle il m'a saisi le visage et a

plongé sa langue dans ma bouche. Son autre main, pétrissant mes fesses. Mon corps plaqué contre sa carrure musclée. Si nous ne nous étions pas fait prendre, je crois que je lui aurais tout donné ce soir-là, s'il me l'avait demandé.

Je me croyais intelligente, mais d'un baiser, Antonio m'a complètement embrouillé l'esprit.

— Et est-ce que je serai le premier à glisser la langue entre tes jambes, Dahlia ?

Chapitre Quatre

ntonio

A Dahlia ferme les cuisses dans un claquement, les pupilles dilatées.

— Ne sois pas vulgaire, dit-elle.

Elle se concentre sur son steak, qu'elle coupe d'un geste brusque en l'embrochant avec sa fourchette.

Vu son rougissement, j'en conclus que je serai effectivement le premier à m'aventurer là.

Tant mieux. Malgré quatre ans à la fac - une université réservée aux femmes, Dieu merci -, Dahlia est toujours la vierge innocence qu'imaginait sa famille.

Je m'enfonce dans ma chaise et savoure sa réaction à mes mots.

Ses tétons se sont dressés, et deux taches rouges lui montent aux joues. Elle veut que je plonge la tête entre ses cuisses laiteuses.

Et maintenant que j'en ai parlé, elle ne cessera d'y penser.

— Je ne suis pas vulgaire, chérie. Je t'explique comment je compte exprimer mon amour au sein du lit conjugal.

Je sirote une gorgée de champagne.

Dahlia vide le reste de son verre et prend la bouteille, qui repose dans son seau de glace. Elle se sert une autre flûte, qu'elle engloutit en quatre gorgées.

— Je peux te faire trembler de partout, te pousser à me supplier de le faire.

Elle laisse échapper un petit soupir.

— Je t'assure, poursuis-je. Il me suffirait d'écarter tes genoux pour exposer ton joli centre rose à ma langue.

Elle rougit davantage, et son regard alterne entre moi et son assiette à trois reprises.

— Je ferai tourner ma langue autour de tes petites lèvres. Je caresserai le centre de ton plaisir. Je mettrai peut-être mes doigts à contribution. Je masserai ton anus en même temps.

— Arrête !

Ses doigts tremblent lorsqu'elle enfourne une nouvelle bouchée. À mon avis, personne n'avait encore parlé de plaisir à Dahlia. Elle croyait peut-être que le sexe, c'était un truc que prenaient les hommes. Quelque chose à donner avec réticence, pas à savourer. Elle ne se doute peut-être pas que c'est merveilleux, que je peux lui faire du bien.

— Tu essayes juste de me perturber.

— Je n'essaye pas, dis-je avec un sourire en coin. J'y *arrive*. Mais tout est vrai, *amore*. Je sais sonner du plaisir à une femme. Utiliser ma langue d'une façon qui te poussera à crier, à en redemander.

Ses narines se dilatent.

— Je n'ai aucune envie d'entendre parler de tes exploits avec d'autres femmes.

La note de jalousie dans son ton me satisfait profondément.

Je suis un homme jaloux, sans conteste. Dahlia ne m'a

peut-être pas encore donné son cœur ou son corps, mais elle m'appartient. Ce sentiment de possessivité me prend aux tripes.

— Ah bon ? Je croyais que tu voulais peut-être que j'aille chercher mon plaisir hors du lit conjugal. Tu préfères recevoir le plaisir que je suis en mesure de te donner ?

Elle prend un air buté et repose sa fourchette.

— *Non.*

— Non à la première proposition, ou à la deuxième ?

— Aux deux.

Elle a répondu sans hésiter, m'envoyant une nouvelle pointe de satisfaction en pleine poitrine.

— Tu veux que je te reste fidèle ?

Elle plisse les yeux et me jette un regard meurtrier.

J'ai envie de la pousser à se soumettre à moi, mais je pense qu'elle n'a pas encore été suffisamment tentée.

— Tu ne quitteras pas ce yacht avant d'avoir écarté ces jolies cuisses pour moi. Mais je réalise que tu es toujours fâchée. Je te donne une semaine, *principessa*. Une semaine pour te faire à l'idée d'avoir un mari différent. Ensuite, si tu continues de me faire languir, je tournerai mes attentions vers une autre femme.

Dahlia semble prête à me jeter sa nourriture au visage.

— Et si... si je te laisse...

Ça me plaît de la voir lutter pour trouver ses mots, mais je décide de lui venir en aide :

— Si j'ai une épouse légitime, je lui serai fidèle.

Je jurerais voir le cou de Dahlia s'allonger, son dos se redresser, comme une fleur ayant trouvé le soleil.

— Tu serais un mari fidèle, dit-elle d'un ton incrédule.

Je hoche la tête.

— Je viens d'épouser une femme sublime. Pourquoi aller voir ailleurs ?

Je sais que ce que je dis lui plaît, car lorsqu'elle reprend sa fourchette et se remet à manger, elle rougit.

— J'ai bien l'intention de faire découvrir toutes sortes de plaisirs à ma femme, lui dis-je d'un ton nonchalant, comme si le sexe n'était pas un sujet tabou à table. Je découvrirai ce qui lui fait perdre la tête.

Dahlia se tortille.

— Ce qui la fait crier.

Ses cuisses se collent l'une à l'autre.

— Je découvrirai ce qui l'excite, et je m'assurerai qu'elle y ait droit tous les jours.

Elle engloutit le reste de son champagne.

— C'est, euh... très audacieux de ta part.

— Satisfaire sa femme n'a rien d'audacieux. Je prendrai soin de toi, Dahlia. Tu garderas le même train de vie qu'avant. Je te donnerai ce qu'il te faut au lit, et je ne te tromperai pas.

Je ne parle pas de ma propre satisfaction pour l'instant. Une fois qu'elle se sera rendue à moi, je poserai mes exigences. En attendant, je dois faire preuve de doigté.

— Bien entendu, j'attends le même respect de ta part. Si tu touches un autre homme, il est mort. Souviens-toi de ça, avant de causer le meurtre de quelqu'un.

* * *

Dahlia

Antonio m'adresse un sourire glaçant, et un frisson me remonte l'échine lorsque j'entends sa menace.

Je le crois. Je suis sûre que cet homme est un tueur. Je

frémis en imaginant les crimes qu'il a pu commettre. En imaginant les ténèbres qui l'enveloppent.

Et il veut que mon nom soit lié au sien pendant le restant de nos jours.

Non merci.

Hors de question.

Il faut que je trouve une échappatoire.

Je jette ma serviette sur mon assiette et me lève. Ma sortie théâtrale est gâchée par ma nudité et le fait que je n'ai nulle part où aller.

Mais ma valise a dû être apportée sur le yacht hier, pour préparer notre lune de miel. J'ouvre un tiroir et trouve mes vêtements soigneusement pliés et rangés. Je sors une culotte.

Antonio fait un bruit désapprobateur.

— On travaille sur ton obéissance, *principessa*. Je ne t'ai pas autorisée à porter une culotte.

Pour l'instant, je suis trop intimidée pour insister, alors je choisis de jeter la culotte par terre comme une sale gamine, et me dirige d'un pas raide vers la salle de bains.

J'ai bien besoin d'une douche, de toute façon.

Je veux me laver de cette journée. Retrouver mes repères. Réfléchir à la suite.

Je ferme la porte et tourne le verrou avant de prendre la douche la plus longue du monde. Quand j'ai fini, je passe une demi-heure à me brosser les cheveux, à m'enduire de crème, et à gagner du temps.

Je m'attends à moitié à ce qu'Antonio m'ordonne de sortir ou exige d'entrer, mais il me laisse tranquille.

Enfin, quand je ne peux plus supporter de rester dans la pièce exiguë, j'émerge avec une serviette fermement coincée sous les aisselles.

La table et le seau à champagne ont été débarrassés.

Antonio est allongé sur le lit, chevilles croisées, et lit le journal. Il porte toujours son pantalon de smoking, mais sa cravate a disparu, et sa chemise blanche immaculée est déboutonnée au col. Ça me tue, qu'il soit aussi beau.

Cet homme est un voyou qui a fait de la prison, et pourtant, il a tout l'air d'un aristocrate. Je n'aime pas l'admettre, mais il colle beaucoup mieux au surnom de « Roi des Yachts » que mon père. En affaires, il doit être impitoyable. Il saura sans doute renflouer les caisses de notre entreprise.

Notre entreprise. Je ne sais pas pourquoi je parle de *nous*.

Ce n'est plus l'entreprise de ma famille, et je ne compte pas rester avec Antonio pour mettre la main dessus.

— Tu vas dormir là ? demandé-je d'un ton hésitant.

Bon, j'imagine que la réponse est évidente. C'est mon époux. Nous partageons un lit. Il veut consommer le mariage.

Mais je ne m'étais pas imaginé me glisser toute nue sous les draps avec cet homme beau, musclé, et... *viril*.

Non que je sois tentée de concrétiser notre union.

Pas du tout.

Mais la situation est... gênante, et c'est peu dire.

Antonio décroise les chevilles et pose son journal sur la table de chevet. Il se lève et soulève la couverture.

— Tu es prête à te coucher, chérie ?

— Ne m'appelle pas comme ça, dis-je d'un ton cinglant, sans m'approcher du lit.

— Pourquoi, *chérie* ?

— Parce que tu n'es pas sincère.

— Non, tu as sans doute raison. Je te provoque.

Son regard est plein de défi.

Je ne me laisse pas démonter. Je ne sais pas pourquoi, mais avec cet homme, j'ai envie d'être pleine d'audace.

J'étais audacieuse, le soir de mon bal, quand je lui ai demandé une bouffée de sa cigarette.

J'étais audacieuse, quand je l'ai pris par la main et l'ai laissé m'entraîner dans un placard pour le baiser le plus immoral de toute ma vie.

À présent, une autre vague de rébellion me submerge, et je laisse tomber ma serviette.

— À mon tour de te provoquer, dis-je.

Mon geste a l'effet recherché.

Le regard d'Antonio se braque sur mes seins, avant de descendre sur la toison entre mes jambes. Sa mâchoire se crispe, ses narines se dilatent.

— C'est un jeu dangereux, Dahlia.

Sa voix est douce. Assez douce pour que la menace sous-entendue me fasse frémir.

Je réalise que j'ai eu les yeux plus gros que le ventre. Mais je reste ferme, épaules en arrière, poitrine fièrement présentée à son admiration.

— Tu as dit que tu ne me violerais pas.

Il fait le tour du lit pour me rejoindre.

Je dois rassembler tout mon courage pour ne pas fuir. Pour ne pas me réfugier dans la salle de bains et fermer la porte à clé.

À chaque pas qu'il fait vers moi, mon cœur bat plus vite. Mes mains sont moites. Ma bouche est soudain pleine de salive, comme si Antonio était un mets appétissant.

— Moi, j'ai l'impression que tu meurs d'envie d'être touchée, ronronne-t-il d'une voix grave.

Une fois devant moi, il passe le dos des doigts sur l'un de mes tétons dressés.

Je ne peux pas nier le courant de plaisir qui me traverse. Mon frémissement me trahit.

— Tu veux que je te touche, Dahlia ?

Il pince doucement mon téton et tire dessus.

— Tu veux que je te montre le plaisir que je t'ai décrit pendant le dîner ?

Mon souffle est haletant, saccadé.

— N... non.

Je ne suis pas très convaincante. En réalité, maintenant qu'il est planté devant moi, plus d'un mètre quatre-vingts de muscles et de virilité, j'ai bel et bien envie qu'il me touche.

Je veux découvrir précisément de quoi il parlait, lorsqu'il a évoqué le fait de me donner du plaisir avec sa langue.

Je ne suis pas complètement naïve ou innocente. Je sais parfaitement comment me donner du plaisir avec mes doigts. J'ai déjà glissé un oreiller entre mes jambes, la nuit.

Et à chaque fois, je fantasmais sur l'homme debout devant moi.

Et découvrir qu'il détient tous les secrets sexuels que j'imaginais, que je ne me faisais peut-être pas d'idées à son sujet, ça me fait perdre mes moyens.

L'une des grandes mains d'Antonio se pose sur ma hanche, et la chaleur de sa paume calleuse contre ma peau enflamme mon centre. Il continue de taquiner mon téton. Il commence à brûler et à fourmiller, et j'ai envie d'aller plus loin.

Entre mes jambes, une pulsation lui répond. Un désir tendre et chaud qui n'est pas soulagé lorsque je serre les cuisses. Antonio promène doucement les doigts le long de ma hanche, avant de descendre sur ma jambe.

Je tente de cacher mon frémissement.

Du bout des doigts, il m'effleure les fesses.

— Tu crois que ton maire chéri arriverait à te faire cet effet-là, Dahlia ?

— Ce n'est pas mon maire chéri, protesté-je d'une voix étranglée.

J'ignore pourquoi je lui fais le plaisir de répondre à ça.

Ses doigts quittent mon téton pour remonter délicatement le long de mon cou, jusqu'à ce que son index arrive sous mon menton. Il me lève le visage pour que je le regarde dans les yeux.

— Ah bon ?

Je me surprends à secouer la tête.

— C'était un mariage arrangé.

— Comme le nôtre, dit-il, comme s'il en était satisfait.

— Notre mariage n'était pas arrangé. Tu m'as volée à mon fiancé !

Dès que je prononce ces mots, je les regrette, car Antonio se renfrogne et fait un pas en arrière. Je perçois tout de suite qu'il ne me touche plus. Ses attentions me manquent.

— Ah, c'est vrai. Un fiancé bien plus digne de la princesse des yachts. Pas de bol. Tu te retrouves coincée avec une brute issue de la classe ouvrière jusqu'à la fin de tes jours, *principessa*.

Mon estomac se noue lorsque je réalise que l'amertume d'Antonio est née de l'humiliation qu'il a subie de la part de mon père et de notre système judiciaire.

Je suis sûre qu'il a suffi d'un regard au fils d'immigrés italiens pour conclure qu'il était coupable de ce dont mon père l'accusait.

— Je ne te prends pas pour un voleur, Antonio.

Ma voix est douce, conciliante.

Il plisse les yeux. Sa main se ferme sur mon menton.

— Tu devrais.

Son visage s'approche du mien. Il est si proche que je sens son souffle chaud sur mes lèvres.

— Tu peux me croire, Dahlia. Sache que je continuerai

à m'emparer de tout ce que tu possèdes pour le restant de tes jours.

à m'emparer de tout ce que tu possèdes pour le restant de tes jours.

Chapitre Cinq

Antonio

— *Buongiorno*, murmure Angelo, l'un de mes domestiques, en se dirigeant vers moi lorsque j'entrouvre à peine un œil à cause du soleil.

Merde. Est-ce que je me suis endormi sur le pont, hier soir ?

Je suis étendu sur une chaise longue, ma chemise déboutonnée jusqu'à la poitrine.

Angelo me présente un plateau chargé de plusieurs jus de fruits : orange, grenade, tomate. À moins qu'il s'agisse d'un Bloody Mary ? J'en ai la nausée. Je choisis le jus d'orange.

— Une omelette jambon fromage et du pain au levain, ordonné-je.

Je ne sais même pas ce qu'il y a à manger, sur ce bateau, mais je suis sûr qu'il trouvera.

— *Si, signore.*

— La même chose pour ma jeune épouse.

— Elle a déjà mangé, Monsieur.

Je ne sais pas pourquoi, mais cette réponse me met en

rogne. J'ignore si c'est parce qu'elle a mangé sans moi, ou si c'est parce que j'ai bel et bien une jeune épouse, désormais.

Si je n'étais pas un connard obsédé par la vengeance, je me débarrasserais de Dahlia au plus vite. Je l'installerais dans ma résidence des Hamptons et j'irais vivre dans la rue des milliardaires, à Manhattan. Je lui rendrais visite quelques fois par mois pour la mettre enceinte. Une fois qu'elle aurait procréé, elle pourrait rester à l'écart pour de bon. Je ne la sortirais qu'occasionnellement pour les dîners mondains.

Je n'aurais pas besoin de continuer à tout lui prendre, jusqu'à ce que tout m'appartienne : son corps, son esprit, sa volonté.

Je l'ai autorisée à dormir seule, hier soir. Quand elle m'a rappelé que je n'étais pas digne d'elle, que je l'avais volée à son fiancé légitime, je l'ai laissée dans notre suite et j'ai passé la nuit à boire jusqu'à l'ivresse. C'est comme ça que j'ai fini par me réveiller sur le pont de mon tout nouveau yacht.

Le bruit d'un hélicoptère au-dessus de ma tête me pousse à bondir sur mes pieds et à chercher mon pistolet.

Mes hommes débarquent de toutes les directions, leurs fusils pointés vers l'hélicoptère.

— Rangez vos armes, dit Dahlia.

Mon épouse traverse le pont à grands pas, vêtue d'une robe courte et d'un chapeau à bords larges orné d'un gros nœud bleu marine ainsi que d'énormes lunettes noires.

Sans réfléchir, je me précipite vers elle pour la mettre en sécurité dans le bateau.

Je m'arrête net lorsqu'elle agite gaiement un bras gracile en direction de l'hélicoptère, un sourire hollywoodien au visage.

— Souris et fais coucou, Antonio, dit-elle les dents serrées. C'est la presse.

La… *quoi* ?

Je tourne la tête vers l'hélicoptère. Mon cerveau et mon corps me hurlent qu'il s'agit d'une attaque, mais je réalise qu'elle a sans doute raison. Si ces gens voulaient nous tirer dessus, ce serait déjà fait.

Je viens de faire capoter le mariage du meilleur parti de New York. Logique que la presse cherche à nous surprendre en pleine lune de miel pour comprendre ce qui s'est passé.

— Rangez vos armes, ordonné-je à mon tour en rengainant mon propre pistolet dans le holster à ma cheville.

J'enlace mon épouse-trophée et me joins à ses grands signes de la main.

Je réalise soudain qu'elle aurait pu leur envoyer un signal de détresse. Agiter les deux bras d'un air paniqué pour appeler à l'aide. Le fait qu'elle ait dit à mes hommes de cacher leurs armes et de jouer le jeu me surprend.

Je ne suis pas assez bête pour croire que ce mariage l'enthousiasme ou même qu'elle compte me faciliter la tâche. Mais pour le moment, elle fait son devoir.

L'hélicoptère fait le tour du yacht, et je constate qu'elle avait raison ; l'objectif d'un appareil photo réfléchit le soleil.

— Donnons-leur ce qu'ils veulent, princesse.

Je passe mon autre bras autour d'elle et la renverse en arrière, avant d'embrasser passionnément ses lèvres pulpeuses.

Elle se fige, puis me surprend en acceptant mon baiser. Je sens son cœur tambouriner contre ma poitrine tandis que ses lèvres commencent à bouger sur les miennes. Je glisse ma langue dans sa bouche avec audace et je vais et viens en elle. Mon membre durcit et s'allonge contre son ventre.

Je n'ai pas envie de m'arrêter là. Je me fous des hélicoptères et des journalistes. Je me fous des photos qu'ils obtiendront.

Tout ce que je veux, c'est conquérir la belle ingénue qui se croit trop bien pour moi. Elle a beau croire que je ne suis pas digne d'elle, son corps répond au mien. Sa curiosité quant à ce que je pourrais lui donner, lui faire ressentir, n'a jamais disparu.

Soudain, je me retrouve obsédé par une idée fixe : séduire ma jeune épouse. La rendre folle de désir pour moi.

Et je suis impatient de découvrir à quoi ressemble son visage quand elle jouit.

Je glisse une main sous ses fesses et pétris sa chair tendre. C'est comme ça que j'ai perdu tout sens commun, la dernière fois.

Quand cette mondaine délicate m'a prouvé que malgré son physique de poupée de porcelaine, elle avait le sang chaud.

Mon baiser perd en finesse et devient brutal, passionné.

C'est à cause de sa réaction : ses halètements excités, son corps voluptueux qui s'offre à mes mains. Sa chaleur contre ma peau. Je la redresse pour avoir accès à son cou, que j'embrasse et mordille.

— Oh.

Sa petite exclamation surprise me rend dur comme du bois. Je passe un avant-bras sous ses fesses et la plaque contre le mur le plus proche. Elle écarte les jambes pour encercler ma taille, faisant remonter sa robe courte autour de ses cuisses.

Si je n'étais pas fou de désir, je serais inquiet à l'idée que mes hommes ou les photographes puissent voir ses cuisses délicieuses.

Mais j'ai oublié les gens qui nous entourent. J'ai oublié

ma vengeance. J'ai tout oublié, sauf le goût de sa bouche et la sensation de son corps. Les bruits d'excitation qui quittent sa gorge.

Je l'embrasse plus profondément. C'est un baiser plein de dents, de langues et de force dévastatrice. Mon érection se presse contre son ventre. Je la baisse un peu pour que mon membre palpitant se retrouve entre ses jambes.

Elle gémit dans ma bouche. Je fais aller et venir ma langue au même rythme que mes hanches, de lents coups de reins.

— *Antonio*, halète-t-elle.

Bordel.

Je dois avoir perdu la tête, car je serais prêt à renoncer à ce yacht rien que pour l'entendre prononcer mon nom de ce ton essoufflé et désespéré une nouvelle fois. Pour l'entendre le scander encore et encore comme une formule magique. Comme une prière à Dieu.

— C'est ça, *principessa*, dis-je en la mordillant dans le cou. C'est comme ça que ton mari compte s'occuper de toi.

Je lèche la zone que j'ai mordue, puis la suçote.

— Chaque. Jour. Que. Dieu. Fait.

— Antonio.

Elle a le souffle court. Ses hanches ondulent pour aller à la rencontre de mes mouvements. Je trouve l'élastique de sa culotte et la baisse sur ses fesses, impatient de me débarrasser de ce petit morceau de tissu pour pouvoir la prendre sauvagement. Ici, tout de suite.

Dahlia panique.

Soudain, elle se débat et me repousse, tente d'échapper à mes bras.

Je me reprends.

Je pose doucement Dahlia sur ses pieds, remonte sa culotte et baisse sa robe. Je lui donne une tape sur les fesses.

— Non, ma belle. Pas avant que tu me supplies.

Elle grogne, lève les yeux au ciel et me pousse.

Comme j'entends toujours le bruit des pales, je la serre contre moi comme si elle avait essayé de me prendre dans ses bras. Elle me laisse faire, et je l'enlace quelques secondes avant de la lâcher.

— Tu me supplieras, chérie.

Je réajuste son chapeau, que j'ai dû renverser pendant que je l'embrassais. Ses lèvres sont gonflées, ses joues rouges.

Ça me donne envie de passer au deuxième round.

— Ne retiens pas ton souffle, Antonio, rétorque-t-elle.

Elle s'éloigne, puis s'arrête et me jette un regard par-dessus son épaule.

— Ou plutôt si, retiens ton souffle. Je survivrai à la tragédie de la mort prématurée de mon époux.

* * *

Dahlia

Tandis que je m'éloigne d'Antonio, tout mon corps vibre à cause de son baiser. Ma culotte est trempée, mes tétons dressés dans mon soutien-gorge.

Je ne comprends pas l'effet qu'il a sur moi. Pourquoi je le trouve terriblement séduisant. Je ne sais pas ce qui me donne à ce point envie d'attirer son attention.

Si son côté bad boy est aussi séduisant, c'est peut-être parce qu'il se fiche complètement de moi. Ça réveille en moi ce besoin qu'ont les humains de se faire des amis et de tisser des liens. Il représente le défi ultime.

Oui, c'est logique. Je l'ai rencontré à un bal où tout le

monde était tenu de se montrer courtois à mon égard, voire de s'extasier devant moi.

Et lui me regardait avec un profond désintérêt. De la dérision, même.

Ce qui m'a poussée à vouloir qu'il me désire.

Hélas, je suis toujours cette gamine de quinze ans, au fond.

Antonio s'est emparé de moi pour punir mon père. Il me prend pour une fille pourrie gâtée. Il ne s'intéresse pas réellement à moi, et pourtant, je meurs d'envie de le rendre amoureux.

De conquérir le bad boy et de prouver que je suis digne de lui.

C'est cette prise de conscience, plus que toute autre chose, qui me convainc de m'extirper de cette situation dangereuse et malsaine.

Il doit bien y avoir un moyen d'échapper à Antonio.

Je réalise que je suis en train de traverser le yacht à grands pas, sans destination précise en tête, à part l'envie de m'éloigner d'Antonio. Je finis près du gouvernail, et derrière la vitre de l'habitacle, je reconnais avec surprise un visage familier.

Celui de Shawn Hennessey, le capitaine de mon père.

C'est drôle, comme en ces circonstances extrêmes, ce visage qui m'inspirerait habituellement l'indifférence peut m'emplir de joie.

— Shawn !

C'est mon premier sourire authentique en trente-six heures.

— Dahlia !

Il jette un regard nerveux à gauche et à droite, avant d'ouvrir la porte de la cabine pour me prendre dans ses bras. Puis il me souffle à l'oreille :

— Votre père m'a envoyé un message pour vous. Il dit qu'il va nous sortir de là.

Des pas retentissent dehors, et je m'éloigne de Shawn.

— Contente de vous voir ! dis-je à voix haute.

Antonio gronde derrière moi.

— Pas touche à *ma femme*, sinon je vous coupe les mains et je les balance aux requins.

Sa femme.

Ces mots m'envoient une onde de choc dans tout le corps.

— Antonio ! m'exclamé-je en plaçant plus d'un mètre entre le capitaine et moi. Arrête. C'est un ami de la famille. Enfin… un employé, c'est tout.

Je remercie le ciel qu'Antonio soit aussi jaloux. Cela semble l'avoir empêché de remarquer que Shawn me transmettait un message.

— Il n'est rien pour toi, me dit Antonio d'un ton d'avertissement. Si tu t'approches à nouveau de ce *stronzo*, je le jette par-dessus bord. Compris ?

Parfait. Je devrais être terrifiée. Scandalisée. Mais une sensation de chaleur s'insinue dans ma poitrine.

Le côté protecteur d'Antonio est disproportionné et ridicule. Mais en plus de servir de distraction, il m'excite. J'aime bien qu'il marque son territoire avec moi. Ça me rend folle de désir. Je voulais qu'il m'accorde son attention, et à présent, je l'ai. Ça me donne une sensation de pouvoir.

Je place une main sur son torse et le pousse. Il me laisse le faire reculer sur le pont.

— Détends-toi. Je disais juste bonjour.

Antonio fait toujours la tête.

— Tu m'as quasiment kidnappée. Tu m'as arrachée à ma famille pour m'enfermer sur un yacht avec de parfaits inconnus. Tu ne devrais pas être surpris que je sois contente de voir un visage familier.

Une partie de son irritation semble s'envoler.

Il me tire vers lui et passe un bras sur mes épaules pour m'escorter jusqu'à notre chambre.

— Ne lui adresse plus la parole.

Je refuse de donner mon accord.

— Dahlia, gronde-t-il. Tu veux sa mort, ou quoi ?

Ça va trop loin. Je pile, et Antonio est obligé de s'arrêter, lui aussi.

— Tu ne peux pas tuer tous les gens à qui je parle.

Il hausse un sourcil et me transperce de son regard froid.

— On parie ? Tu es ma femme. Je suis prêt à assassiner quiconque te touche ou te manque de respect.

Je frémis.

— Tu es vraiment un monstre, hein ?

Ses traits se déforment, brisant son masque impassible pour me montrer que j'ai touché un point sensible, mais il se reprend vite.

— Je suis ce que ta famille a fait de moi.

Je lâche un rire moqueur.

— Ce n'est pas ma famille qui est mafieuse. C'est la *tienne*.

Je lève le nez en l'air et prends une expression de sainte-nitouche avant d'ajouter :

— Mettre tes propres erreurs sur le dos des autres, ça ne te va pas.

— Et jouer les snobinardes coincées, ça ne te va pas.

Je ravale ma grimace. Je savais déjà que c'était comme ça qu'il me voyait, mais ça me blesse quand même de l'entendre.

— Alors à qui je suis censée parler, sur ce yacht ?

Antonio hésite.

— À personne. Rien qu'à moi.

J'agite les mains en l'air et me dirige vers le pont supérieur.

— C'est absurde. Tu es complètement fou.

— Ne me cherche pas, m'avertit-il.

Mais j'ai déjà pris ma décision.

Je compte le mettre au pied du mur.

D'un pas vif, je rejoins un petit groupe de ses hommes, près du garde-corps. Il ne jettera pas ses soldats tout ça parce que je leur aurai adressé la parole.

— Salut, les gars, dis-je de ma voix la plus séduisante. Nous n'avons pas été présentés comme il se doit.

Je pose la main sur l'épaule du type le plus proche et fais un autre pas vers lui.

— Je m'appelle Dahlia.

— Vous approchez pas d'elle ! aboie Antonio.

En un instant, je me retrouve hissée sur son épaule. Ma robe courte remonte jusqu'à ma taille, offrant probablement aux hommes une vue plongeante sur ma culotte.

— Ne la regardez pas, rugit Antonio en s'éloignant d'un pas lourd.

Mon buste se balance dans son dos.

Au lieu de me conduire dans notre suite, il pénètre dans l'une des autres chambres - apparemment libre - et me pose sur un grand lit aux draps immaculés.

Il est debout devant moi, mais au lieu de trouver sa carrure intimidante, je suis excitée par son attitude d'homme des cavernes. Mon regard se pose sur ses gros poings serrés, et je me fais la réflexion qu'il est très beau, même dans son smoking froissé.

— Tu n'as plus le droit d'être habillée.

La voix d'Antonio n'est qu'un grondement sourd. Ses

sourcils noirs sont froncés. Il soulève ma robe. Il ne me fait pas mal, mais ses gestes sont brusques et saccadés.

L'homme froid et calculateur qui me donnait des ordres d'un ton distant a disparu.

Cet homme est plus sauvage. Plus authentique.

Je suis folle de désir. Mais je suis aussi beaucoup plus prudente. Je ne veux pas mettre le taureau en colère. Je le laisse ôter mon soutien-gorge et ma culotte. Je me débarrasse même de mes sandales moi-même, pour lui montrer que je me rends.

Antonio se penche pour ramasser ma robe, ma culotte et mon soutien-gorge. Il pointe un doigt sur moi.

— Je t'avais prévenue.

Je me hâte de descendre du lit pour ne plus être aussi vulnérable. Je tente de trouver une réplique bien sentie, mais je ne trouve rien.

Finalement, je n'ai pas besoin de répondre, car Antonio quitte vivement la pièce.

Je reste debout là, toute nue, et je réfléchis à ma situation.

Puis je réalise que la solution est simple. Antonio n'aime pas que je parle à d'autres hommes, il ne veut pas qu'ils voient mes fesses, et il m'a privée de mes vêtements.

Il s'est piégé tout seul.

Je me dirige vers la porte et l'ouvre. Puis je sors d'un pas assuré.

* * *

Antonio
Non, mais je rêve !

Je me mets à courir lorsque je vois ma nouvelle épouse nue et sexy sortir sur le pont sous les yeux de tous mes hommes.

J'ai été bête. J'aurais dû me douter que son insolence l'emporterait face à sa pudeur.

Je ne sais même pas si mes pieds touchent le sol alors que je traverse le pont pour l'intercepter. Je passe un bras autour de sa taille et la soulève, la fais tourner, et nous mène dans la suite principale.

— Tu aimes être punie, hein, *principessa* ? grondé-je à son oreille.

— Te manipuler est simplement devenu mon passe-temps préféré.

Me *manipuler* ? Je serre les dents.

— On va voir c'est qui qui manipule qui.

Elle veut se servir de son corps pour provoquer une réaction chez moi ? Je vais le retourner contre elle.

Je sais que le sexe la rend curieuse. Je ne mettrai pas longtemps à la pousser à me supplier.

Je vais la punir à coup d'orgasmes jusqu'à ce qu'elle m'implore de lui donner ma queue.

— *C'est qui qui* n'est pas une formulation correcte.

C'est ça. Elle me remet encore à ma place.

— Tu m'excuseras si l'éducation que j'ai reçue en prison n'est pas à la hauteur de ton lycée privé, grogné-je.

Je la porte droit jusqu'au placard, d'où je sors une ceinture.

Ça lui fait peur. Elle se déchaîne dans mes bras, lutte et agite les pieds. Je parviens à la maîtriser, puis je l'allonge sur le lit et me sers de la ceinture pour lui attacher les poignets au-dessus de la tête.

Elle se calme un peu, sans doute soulagée que je n'aie pas l'intention de la fouetter avec.

Je noue le bout de la ceinture à la tête de lit. Puis je m'agenouille pour contempler mon œuvre.

Ma jeune épouse est superbe, avec ses cheveux bruns en éventail autour de son visage rougi. Ses seins parfaits sont écartés, et ses tétons rose foncé contrastent avec sa peau pâle.

Je me passe le pouce sur la lèvre inférieure tout en l'admirant.

— J'aime bien te voir attachée, commenté-je. Je devrais peut-être te garder comme ça pendant tout le voyage.

Elle agite violemment les jambes et tourne le bassin dans tous les sens.

— Libère-moi !

— Oh, non, ma belle. Je dois d'abord te punir.

Ses lèvres se referment, et elle me dévisage.

— Tu ne me demandes pas comment je compte procéder ?

— Je suis sûre que tu vas me le dire.

Je hausse les épaules.

— Non. Je vais te laisser la surprise.

Je lui saisis les cuisses et replie ses genoux sur ses épaules.

Son ventre frémit.

— Qu... qu'est-ce que tu fais ?

— Je regarde ce qui m'appartient.

C'est une très jolie chatte. Pure. Jamais pénétrée par un autre homme. D'habitude, je préfère les femmes avec plus d'expérience, mais je suis ravi d'être le premier amant de Dahlia.

Non, le *seul*.

Car elle est à moi, désormais. Rien qu'à moi.

Ce qui signifie que son corps superbe m'appartient.

Sa jouissance m'appartient.

Sa liberté m'appartient.

Je ne serai peut-être pas en mesure de conquérir son cœur, mais je soumettrai le reste à ma volonté, comme le boss que je suis.

Elle tente de serrer les cuisses, de se dégager, mais je la maintiens fermement et me contente de l'admirer. Je la laisse sentir que je la domine. Que je la possède. Que je la désire.

Sans me presser, je baisse la tête et passe le bout de ma langue le long de sa fente.

Son anus se contracte, et elle s'agite sous mes mains.

J'explore ses replis sans but particulier, à part mon envie de la goûter. De la découvrir. De voir comment elle réagit à mes caresses.

Sa respiration se transforme en petits halètements, et ses jambes se mettent à flageoler. Quelques secondes plus tard, elle dégouline, et je lape son nectar.

— Tu as dit que tu ne coucherais pas avec moi sans que je te supplie.

— Je ne couche pas avec toi, je te punis, réponds-je, même s'il est évident que ce châtiment est bien plus agréable que les autres.

La punition, ce sera sa frustration lorsque je la laisserai en plan. Quand elle sera trempée et impatiente que je la pénètre, et que je m'interromprai.

Elle gémit doucement lorsque je trace les contours de ses petites lèvres, avant de remonter jusqu'à son clitoris pour le sucer.

Je poursuis ma lente torture, la pénétrant de ma langue, suçant et mordillant ses petites lèvres. Mon membre est lourd, frustré de ne pas être en elle.

Dahlia tire sur ma ceinture, se trémousse contre ma bouche. Non, elle s'y colle.

Elle savoure ce moment, c'est évident.

Je continue ce que je fais et la mène aux portes de l'orgasme, à en juger par ses gémissements, puis je recule.

L'espace d'un instant, elle reste immobile. Puis elle lève brusquement la tête.

— Qu'est-ce qui se passe ? demande-t-elle d'un air alarmé.

— Qu'est-ce que tu voudrais qu'il se passe, Dahlia ?

Sa tête retombe en arrière et ses paupières se ferment en papillonnant.

— Oh, Seigneur.

Je patiente.

Elle ouvre de nouveau des yeux brillants et écarquillés. Désespérés.

— Tu vas terminer ?

— Comment voudrais-tu que je termine, princesse ?

— Euh… ce que tu faisais, ça allait. Enfin, si c'est ma punition.

Je ris et secoue la tête.

— Non, ta punition, c'est ça.

Je descends du lit.

En réalisant ce que je fais, elle lâche une exclamation pleine de colère.

— Non. Tu ne peux pas me laisser là comme ça. Tu ne *peux pas*.

Je lui adresse un sourire glacial.

— Oh, mais si, chère épouse. Voilà ce qui arrive quand on me provoque.

Je me rends dans la salle de bains et me débarrasse de mon vieux smoking pour prendre une douche bien méritée.

Quand je sors de la pièce, Dahlia est toute molle. Ses genoux retombent sur les côtés comme les ailes d'un papillon, et sa tête est tournée.

— S'il te plaît… mes poignets me font ma…

La dernière syllabe meurt sur ses lèvres lorsqu'elle voit mon torse nu et toujours mouillé après ma douche. Son regard parcourt mes pectoraux, puis mes abdominaux, jusqu'à la serviette blanche autour de ma taille.

Je suis tenté de la faire baver un peu, mais en me remémorant son innocence, je l'ignore et me dirige vers la commode où mes vêtements ont rejoint les siens. Tout en lui tournant le dos, je laisse tomber ma serviette et enfile un boxer, sans cesser de sentir son regard brûlant sur moi.

Je me tourne vers elle et la laisse regarder mon érection pousser sur le tissu en coton. J'aurais sans doute dû me masturber sous la douche pour évacuer mes tensions, mais ma fierté m'en a empêché. Je veux jouir en elle. Je garde chaque goutte pour sa chatte juteuse, pour lui mettre notre enfant dans le ventre.

Elle prend une inspiration et se lèche les lèvres.

— Comment va ta chatte ? demandé-je en me dirigeant vers le lit.

Ses genoux se referment dans un petit claquement de chair.

J'émets un son désapprobateur.

— Vilaine fille. Tu ne me caches rien. Cette chatte est à moi, désormais.

Je lui attrape les jambes et lui soulève les pieds pour lui écarter les cuisses. Cette fois, je les laisse reposer sur le lit, de chaque côté de mes épaules. Je glisse les mains sous ses fesses et soulève son bassin pour qu'il vienne à la rencontre de mon visage.

— N… non, Antonio, gémit-elle. S'il te plaît.

Je lui donne un coup de langue.

— S'il te plaît quoi, chérie ?

— Je… je… s'il te plaît, ne fais pas ça.

Je promène la langue le long de sa fente. Je suis moins méticuleux, cette fois, car il n'est pas facile de se concentrer quand on est en manque à ce point.

Peu importe, elle est déjà désespérée. Dès l'instant où ma bouche entre en contact avec sa chair, elle serre les fesses et se colle à moi, impatiente de jouir.

— Tu n'as pas ton mot à dire. Tu as choisi d'exhiber ton corps - *le corps qui m'appartient désormais* - à mes hommes. C'est la punition que j'ai choisie pour toi.

— Je... ne la comprends même pas, dit-elle d'une voix plaintive.

Je ris contre sa peau douce, puis je mordille l'une de ses petites lèvres.

— Ton corps comprend très bien, lui. Non ?

— Mon corps... halète-t-elle. Mon corps veut...

— Je sais ce que veut ton corps, *amore*. Je peux te donner ce qu'il désire.

— Non, dit-elle. Non, non, non, non.

Son ton contredit ses mots, mais bien entendu, je respecte sa volonté.

Elle finira par céder.

Au lieu de cela, je poursuis ma lente torture et l'amène une nouvelle fois aux portes de l'orgasme.

Lorsque je quitte le lit, elle laisse échapper un sanglot.

— Tu es un monstre.

— Je peux me montrer cruel, c'est vrai. Tu ferais mieux de rester dans mes petits papiers. Parce que crois-moi, ma chérie, là, j'étais gentil.

* * *

Dahlia

Antonio me torture pendant des heures avec sa langue. Il me rend folle. Il ne me laisse jamais atteindre l'orgasme.

Enfin, quand j'implore sa pitié, il libère mes poignets de la ceinture.

Je devrais être ravie de retrouver l'usage de mes bras et de mes mains, mais j'ai des fourmillements douloureux à cause du sang qui se remet à courir dans mes veines, et pire encore - bien pire -, Antonio est en train de s'habiller.

Comme s'il en avait fini avec moi.

Comme s'il n'avait pas l'intention de satisfaire mes besoins.

Je ne perds pas de temps. Dès que je retrouve la sensation dans mes mains, je roule sur le ventre, les doigts entre mes jambes. Mon bassin ondule contre ce contact ferme, la pression que je désirais si ardemment.

Mon soulagement est tellement immense que je gémis tout fort sous les contractions de mes muscles internes. Une étoile gigantesque semble exploser derrière mes yeux. Je continue de me caresser pour obtenir une deuxième jouissance, mais avant que je puisse finir, Antonio me fait rouler sur le dos.

Il me fusille du regard, ses yeux dorés sombres et brillants.

— Est-ce que je t'ai autorisée à jouir ?

Mon cerveau ne comprend même pas ce qu'il me dit. L'orgasme m'a étourdie. Je suis perdue dans l'espace. Je le regarde d'un air hébété, sans cesser de faire bouger mes doigts pour en tirer d'autres ondes de choc.

Il me saisit le poignet et remplace ma main par la sienne.

— Cette chatte m'appartient, tu te rappelles ?

Ses doigts experts trouvent la zone à stimuler pour me donner un nouvel orgasme.

Je pousse un cri de jouissance, cambrée sur le lit, complètement à sa merci. Quand j'ouvre les paupières, je découvre qu'Antonio m'observe intensément tout en continuant de me caresser avec lenteur.

— Je ne t'ai pas autorisée à jouir, répète-t-il.

— Ahhhhh.

Mon esprit s'égare. Mon cerveau s'est fait la malle. Je n'ai aucun contrôle sur mon corps. Et j'ai encore moins la volonté de lui dire d'arrêter lorsqu'il introduit un doigt épais en moi.

Je gémis de plaisir. Ça semble tout naturel. Je me caresse dans ma chambre depuis que je suis toute jeune, mais ça, cette sensation, comme celle de sa langue, est sans pareil avec le plaisir que je me donne seule.

Je suis surprise d'être aussi trempée. Mon désir enduit ses doigts, qui produisent un bruit mouillé en allant et venant en moi. Il s'enfonce plus profondément, pressé contre mes parois internes, et je pousse un petit cri face à cette sensation, cette perte soudaine de contrôle, ce catapultage vers un plaisir encore plus grand. Je me mets à mouiller davantage. Antonio ne faiblit pas. Son doigt continue d'aller et venir, vite suivi d'un deuxième, me faisant crier et trembler, aux prises avec une jouissance incroyable. Des larmes roulent sur mes joues.

— S'il te plaît, dis-je.

Je n'en peux plus. Ça fait des heures qu'il me torture, et les sensations sont trop intenses. Je ne suis plus qu'une poupée de chiffon. Toute molle. À peine capable d'aligner deux mots cohérents.

— S'il te plaît, Antonio. Aie pitié.

Brusquement, il s'arrête, ôtant ses doigts pour les porter à sa bouche et les sucer.

— C'est moi qui contrôle tes orgasmes désormais. Tu ne jouiras pas sans que ce soit moi qui te les donne. Compris ?

— Oui.

Je dirais amen à tout et n'importe quoi, en cet instant.

Il voulait me prouver que mon corps et moi sommes à sa merci, et il y est parvenu.

Je halète, incapable de bouger, les mains mollement posées sur mes côtes. Il me dévisage encore un moment, puis hoche la tête.

— Gentille fille.

Mon ventre frémit. Je me fiche de ses compliments. Ou plutôt, je devrais m'en ficher. Et pourtant, ils me font de l'effet.

— Je t'autorise à t'habiller et à te promener librement sur le yacht.

Cette démonstration d'autorité devrait m'énerver, mais ses mots me submergent. Je détecte de la chaleur dans son ton, mais il s'agit sans doute simplement d'un effet secondaire de mon orgasme.

— Va au diable, parviens-je à marmonner alors qu'il quitte la pièce.

Il s'arrête et se tourne vers moi, et mon sexe se contracte dans l'attente d'une nouvelle séance de torture. Mais Antonio prend une expression amusée.

— Continue de me résister, ma petite épouse. J'adore te prendre en main.

Chapitre Six

ntonio

Bon. Sang.

Ma femme émerge de notre chambre dans une robe cocktail rouge sensuelle. Elle moule ses formes et possède une ouverture triangulaire à la poitrine ainsi qu'une coupe courte qui dévoile ses longues jambes fuselées. Ses cheveux sont bouclés, et elle porte des faux cils et du rouge à lèvre bien rouge. Son visage a quelque chose de doux, comme si elle planait toujours après ses orgasmes de l'après-midi.

Je dois bien admettre une chose ; son physique rattrape largement son manque de charme. Nos enfants seront très beaux.

Je ne devrais pas penser à faire des bébés, cependant, car mes bourses déjà douloureuses s'alourdissent davantage.

Je me lève de table, où j'étais en train de faire les comptes.

— Tu es superbe.

Une expression surprise traverse son visage. Je me

rappelle avoir vu la même le soir de son bal. Comme si mes compliments étaient inattendus. Pourtant, elle doit recevoir plein de louanges, au quotidien.

Peut-être qu'elle ne s'y attend simplement pas la part d'un crétin comme moi.

Je lui tends la main.

— Prête pour le dîner, *principessa* ?

Il y a quelques heures, j'ai fait porter de la nourriture devant la porte de la suite. J'ai demandé au serveur de frapper et de s'en aller, car je ne voulais pas prendre le risque qu'il entre en mon absence et qu'il la regarde. On m'a rapporté qu'elle avait à peine touché à la nourriture, cependant.

— Oui. Je meurs de faim.

J'ignore pourquoi, mais je suis ravi à l'idée de la nourrir. Comme si cela satisfaisait un besoin préhistorique.

Je l'accompagne jusqu'à la table de salle à manger, déjà dressée pour nous. Mes hommes s'activent tout autour pour allumer les bougies et nous servir du vin.

Je lève mon verre.

— À ma femme. Qui est aussi savoureuse qu'elle est belle.

Dahlia lève les yeux au ciel sans trinquer avec moi.

— Ça m'a plu de te mettre dans tous tes états, aujourd'hui.

Un frisson la traverse.

— Ce n'est pas un sujet de conversation adapté à un dîner poli.

Je lui adresse un sourire figé.

— Et pourtant te voilà, la princesse des yachts, mariée à un homme qui se fout complètement de ce que tu trouves poli.

Elle a un léger mouvement de recul, et je regrette mon ton acerbe. J'étais content de la voir douce et détendue. Je ne devrais pas l'asticoter. Pas après la façon dont elle s'est donnée cette après-midi.

Bien sûr, je ne lui ai pas vraiment donné le choix.

Mais si elle avait été effrayée, ou en colère, ou réticente, ou tendue, si elle n'avait pas mouillé, je n'aurais pas continué.

Non, mon épouse au caractère bien trempé a aimé les caresses de ma langue. Elle y était particulièrement sensible, et la regarder jouir était la chose la plus spectaculaire que j'aie jamais vue. C'était magnifique.

— J'ai le droit de parler de ta chatte pendant le dîner, tout comme j'ai le droit d'y goûter, déclaré-je. Et...

Je marque une pause pour boire une gorgée de vin.

— Je suis impatient de te savourer à nouveau.

Elle lève les cils pour rencontrer mon regard.

— Pour me punir.

Elle ne prononce pas ces mots d'un ton interrogateur, mais elle me regarde comme si elle cherchait à déterminer dans quelles circonstances cela se reproduira.

Je hausse les épaules.

— Ça peut aussi être une récompense. Ça dépend du contexte, j'imagine.

Je vois une jolie rougeur apparaître sur le triangle de peau exposé au-dessus de ses seins.

— Tu veux que je te décrive cette éventuelle récompense ? m'enquiers-je.

Elle se lèche les lèvres, et voir sa langue me rend dur comme du bois.

— Alors ? l'encouragé-je lorsqu'elle ne dit rien.

Elle boit deux grandes gorgées de vin.

— Je veux bien.

J'adore la façon dont elle tente de prendre un ton nonchalant, malgré sa voix qui chevrote sur le dernier mot.

— Quand tu seras sage, ma chère épouse, je te récompenserai. Je t'emmènerai dans la chambre et j'allumerai quelques bougies. Je te servirai une flûte de champagne. Ensuite, je te déshabillerai lentement, et j'effleurerai ta peau douce du bout des doigts.

Ses bras se couvrent de chair de poule. L'un de mes hommes nous sert deux assiettes chargées d'entrecôtes, de pommes de terre au four et d'asperges. Je m'interromps le temps qu'il reparte.

— Je te porterai et te coucherai sur le lit. Je promènerai peut-être une rose sur ta peau nue pour te préparer à mes caresses.

Dahlia, qui s'appliquait à couper son steak, se fige et lève les yeux vers moi. Puis elle semble s'arracher à sa rêverie, et elle renifle.

— Une rose ?

— Si je ne trouve pas de dahlias, dis-je avec un sourire en coin.

Je vois l'ombre d'un sourire sur ses lèvres avant qu'elle le dissimule en prenant une bouchée de steak.

— Après ça, je t'écarterai les jambes et j'enfouirai la tête entre tes cuisses. Tu auras besoin de tes mains, cette fois, pour me tirer les cheveux ou me plaquer contre toi.

Dahlia avale son steak dans un bruit sonore.

— Bien sûr, je te laisserai jouir. Je ne te ferai pas attendre. Je te mènerai à l'orgasme autant de fois que tu voudras.

Dahlia raidit le dos comme si elle venait de serrer les cuisses sous la table.

— Dis-moi, Antonio, je comprends que tu veuilles te

venger de mon père et moi, mais me garder, ça ne repré-sente pas trop de travail ?

Je ne la laisse pas changer de sujet :

— Tu veux que je te dise ce qui se passera si je dois te punir à nouveau ?

— Non, répond-elle d'un ton têtu.

— La prochaine fois, je me concentrerai sur ton cul.

Dahlia arrête de mâcher.

— La prochaine fois, je te fesserai sur mon genou. Une expérience plus intime pour nous deux.

— Arrête de parler, coupe Dahlia alors que le rouge lui monte aux joues.

— Je laisserai l'empreinte de ma main sur ton derrière avant de donner au petit bouton de rose entre tes fesses toute mon attention.

— *Antonio.*

Elle prononce chaque syllabe d'une voix scandalisée. Je lui adresse un sourire diabolique.

— Ne t'en fais pas, chérie. Ça peut être tout aussi satis-faisant que de m'avoir entre tes jambes. Un jour, tu finiras par me supplier de te prendre par là aussi.

La main de Dahlia tremble tandis qu'elle porte sa four-chette à sa bouche.

— Libère-moi, Antonio. S'il te plaît.

Je secoue la tête.

— *Jamais.*

Elle se lève de table et jette sa serviette.

Je me lève en même temps qu'elle, comme un bon gent-leman. J'ai étudié les bonnes manières dès ma sortie de prison. Pas parce que Benedict King m'a traité de brute. Pas pour lui prouver qu'il avait tort. Car il avait raison, je suis une brute. Un véritable monstre.

Non, c'était nécessaire à la mise en place de ma

vengeance. Pour m'ouvrir les bonnes portes. J'ai mis beaucoup de temps à appâter Benedict King vers les investissements que je souhaitais avant de les faire capoter. Puis je lui ai proposé le fameux prêt pour le compte de Don Beretta.

Dahlia quitte la pièce, et je la laisse partir.

La narguer n'est pas aussi satisfaisant que je l'avais espéré. Et finir de dîner seul non plus.

* * *

Dahlia

Argh. Ce type. Je tremble lorsque je regagne la suite, en colère et tout aussi excitée que je l'étais cette après-midi avant qu'Antonio me fasse jouir.

J'ai sincèrement envie de le tuer. J'aurais dû lui arracher le cœur avec mon couteau à steak.

Sauf qu'il ne serait plus en vie pour manier glorieusement sa langue entre mes jambes. Il ne pourrait plus m'adresser de sourires en coin et me donner l'impression d'être belle, courtisée et cochonne à la fois.

Je ne peux pas nier l'effet qu'il me fait, tout aussi puissant qu'il y a sept ans, à mon bal. Sa simple présence m'électrise.

J'ôte la robe que j'ai enfilée pour le provoquer et j'enfile une chemise de nuit. Je sors le livre policier que j'ai glissé dans ma valise quand je croyais partir en lune de miel avec un homme qui m'ennuyait.

Les livres m'ont toujours servi de distraction. Ce sont mes meilleurs amis quand je me sens seule. Mais en cet instant, lire ne parvient pas à m'aider. Je n'arrive pas à me plonger dans l'intrigue ou dans la vie des personnages. Je ne pense qu'à ces yeux dorés et sulfureux braqués sur moi pendant le dîner. À la façon dont Antonio prenait son verre de vin dans sa grande main et en faisait tourner le contenu tout en me dévisageant. Tout en me titillant.

Je dois bien admettre que j'aime être tentée. J'aime son obstination à me séduire, moi, sa femme. Il aurait pu se contenter de m'épouser et de m'enfermer dans une cabine du yacht. Ou pire, il aurait pu me forcer à coucher avec lui. Je pense qu'Antonio est le genre d'homme qui a l'habitude de forcer la main à beaucoup de gens.

Le fait qu'il se comporte avec galanterie avec moi et qu'il attende ma permission pour prendre ma virginité me rassure et m'excite à la fois.

Oui, je suis toujours charmée par l'idée de remettre ce bad boy dans le droit chemin. De trouver un cœur tendre sous sa carapace. C'est le genre de fantasme qui m'a causé des ennuis lors de mon bal.

Quand mon père a ouvert ce placard et a trouvé les lèvres d'Antonio collées aux miennes, une main sous mes fesses et l'autre sur mes seins, il m'a tellement humiliée que je ne m'en suis jamais vraiment remise. Mes parents ont confisqué tous les cadeaux que j'avais reçus pendant le bal, et je n'ai pas eu le droit d'aller à Paris deux étés de suite.

Cet événement, mes parents me le jetaient au visage à chacun de mes faux pas. Ma mère pinçait les lèvres et me disait de ne pas déshonorer notre famille comme au bal. Mon père menaçait de me déshériter si je recommençais.

Et d'une certaine façon, j'imagine que j'ai recommencé.

Non, *certainement pas !*

Tout est la faute de mon père. Ce qu'il a fait à Antonio était impardonnable. Il n'avait aucun droit de le traiter comme un chien. Non que cela excuse la vengeance grandiose d'Antonio.

Je devrais être plus perturbée, car ses manigances m'en disent long sur l'homme à qui j'ai affaire. Le fait qu'il soit capable de ruminer cette histoire et de concevoir un plan aussi détaillé. Je suis presque admirative. Il doit être brillant, pour avoir fait tomber mon père. Pour avoir grimpé ainsi les échelons jusqu'à mettre la main sur une entreprise de yachts et la fille du propriétaire d'un seul coup.

Au bout de deux heures, j'abandonne mon livre. Je décide de profiter de la baignoire ovale en marbre qui se trouve dans la salle de bains. Je la remplis d'eau savonneuse, je me déshabille et je me glisse dans l'eau.

Je m'adosse au bord de la baignoire. Un air de Puccini me parvient depuis le pont du yacht. Mon âme s'en trouve aussitôt apaisée.

La musique a toujours été ma passion. Une passion que ma mère méprisait et minimisait.

Je tends l'oreille. C'est un morceau de La Bohème, « Sì, mi chiamano Mimì », une aria que j'ai étudiée en cours de pratique musicale à Smith. J'élève la voix et me mets à chanter, cherchant et trouvant du plaisir dans les notes.

Le son résonne contre les murs de la salle de bains, et ça me satisfait, ça m'apaise.

J'ai l'impression de me retrouver.

Je me mets à chanter encore plus fort, car avec l'opéra, c'est tout ou rien. Je me laisse porter par la musique comme si j'étais Maria Callas, au centre de la scène, et je m'époumone. Ça me fait du bien de me vider de tout mon souffle, de faire circuler mon énergie ainsi. Comme toujours, chanter me transforme. J'oublie les contraintes que mes parents et mon éducation imposent à mon comportement et à ma vie. Lorsque je chante, je suis en harmonie avec le monde. Je ne suis plus Dahlia King, mondaine et jeune fille de la haute société. J'existe, tout simplement. Je deviens la chanson, la musique, les paroles, le vent. Je suis une voix, un souffle et une âme débordante d'émotions réprimées.

Réconfortée et revigorée, je sors de la baignoire et me sèche, sans cesser de chanter.

Je noue une serviette sous mes aisselles et pénètre dans la chambre, avant de m'arrêter net, un mi mourant dans ma gorge.

— Continue, me dit Antonio.

Il s'enfonce dans son fauteuil, les genoux écartés, les mains posées sur les accoudoirs. Il est l'incarnation pleine de nonchalance du pouvoir et de l'autorité. Sexy, dominateur, beaucoup trop appétissant.

Il se penche en avant.

— S'il te plaît, n'arrête pas. Je n'avais encore jamais rien entendu d'aussi beau.

Je cille, et au début, j'ai du mal à le croire, mais il semble captivé. Toute son attention est tournée vers moi. Je ne perçois ni sarcasme ni manipulation.

Je recommence, puis je m'interromps, gênée. Mais comme Antonio paraît subjugué, je me replonge dans la chanson. Je ferme les yeux, car le regarder est trop intense, et je songe à l'histoire romantique de Mimi et Rodolfo, à leur coup de foudre bohème.

Tout en chantant, je me demande ce qui serait advenu si j'avais rencontré Antonio dans ces circonstances : moi, une pauvre couturière, libre de tomber amoureuse d'un autre artiste. Libre de suivre mes propres désirs, mes propres envies. D'exprimer mon art. Avec abandon.

Quand l'aria se conclut, j'ouvre mes poings serrés et mes yeux. Antonio bondit sur ses pieds et applaudit.

— Bravo, s'écrit-il presque. Bravo, *amore*. Personne ne me l'avait jamais dit.

Il secoue la tête, ses yeux couleur whisky traversés par une lueur incrédule.

Mon cœur déraisonnable bat plus vite que celui d'un colibri.

— Dit quoi ? demandé-je.

Il prend mes mains dans les siennes.

— Tu es géniale. Comment est-ce que je pouvais l'ignorer ? J'ai tout appris à ton sujet.

Une bouffée de plaisir me submerge. Je sais que c'est idiot. Je n'ai aucune raison d'être flattée. Il s'est renseigné sur moi pour arnaquer mon père et m'enlever à mon fiancé. Mais j'aime quand même entendre ces mots. Ou alors, j'aime sentir ses grandes mains sur les miennes, plus petites. Sa peau est encore plus chaude que son regard.

— Ma mère n'aime pas que ça se sache. Elle trouve que la vie d'artiste est trop bohème. Les King sont censés tenir le rôle de *mécènes*.

Antonio penche la tête sur le côté.

— Pourquoi dissimuler un tel talent au reste du monde ? C'est ridicule.

— Oh, je ne sais pas trop.

Mon regard balaye la pièce sans savoir où se poser.

— Ne sois pas modeste.

Il me lève le menton. Son regard est déterminé, comme si sa nouvelle mission dans la vie était de s'assurer que je chante.

Ça ne me déplaît pas. Je sais que cet homme aborde tout avec une férocité qui ne souffre pas de refus. Savoir qu'il me soutient dans quelque chose qui compte autant à mes yeux est une bénédiction. Cela me donne des ailes.

Non que je compte me lancer dans une carrière de

chanteuse. Mais sentir qu'Antonio est derrière moi déverrouille quelque chose dans mon être. Un compartiment que je n'ai jamais eu le droit d'ouvrir est désormais accessible.

— Dahlia, tu es née pour chanter. Dieu t'a octroyé un don indéniable.

Je tremble, à présent. Je suis au bord des larmes, sans savoir pourquoi. Comme si Antonio avait mis à jour des recoins de mon cœur. Je me sens exposée, à vif, vulnérable, et pourtant terriblement, douloureusement optimiste. La flamme étouffée dans ma jeunesse vient de se rallumer.

— Je ne peux pas... je ne peux pas me mettre à chanter en public...

— Tu es une Beretta, désormais. Tu peux faire tout ce que tu veux.

Une nouvelle dose de chaleur liquide m'emplit la poitrine et se répand dans tous mes membres.

Mais je me reprends. Je ne dois pas oublier que je suis captive de ce yacht. Cet homme a beau être mon mari, c'est aussi mon ravisseur.

Je fais un pas en arrière.

— Faire tout ce que je veux ? Je ne crois pas, non. Ne suis-je pas ta prisonnière, ici ?

Je regrette cette attaque, car quelque chose se ferme derrière les yeux d'Antonio.

— Tu dois te soumettre à ma volonté, c'est vrai. Mais pas à celle des autres.

Il y a une note de révérence dans sa dernière phrase qui rallume la mèche de mon désir. Comme si Antonio était prêt à me défendre face à quiconque tenterait de m'empêcher d'accomplir mes rêves.

L'espace d'un instant, j'entrevois ce que ça fait, d'avoir quelqu'un dans son camp, chose que je n'ai encore jamais eue. Je suis tellement émerveillée que j'en ai les jambes en coton.

— Viens là, *bella.*

Antonio attrape les pans de ma serviette et me tire vers lui. La serviette s'ouvre, et il me colle à son corps. Il baisse lentement la tête, comme pour me donner le temps de me dégager, mais je suis prisonnière de son regard doré, incapable de détourner les yeux, affamée face à la perspective de ce qu'il est sur le point de me donner.

Ses lèvres se posent sur les miennes dans un baiser lent et décidé. Elles sont douces. Il a un goût de champagne hors de prix.

Je lui ouvre ma bouche et glisse la langue entre ses lèvres. Ma tentative timide le réveille, et il laisse tomber ma serviette, me renverse la tête en arrière pour m'embrasser passionnément. Je sens ses dents, sa langue, sa force brusque. Des flammes me lèchent les jambes et le bas ventre, réduisant ma résistance en cendres.

Antonio recule doucement.

— Tu chanteras pour moi, ma belle ?

Sa voix est un grondement flatteur. Un ton que je n'ai encore jamais entendu chez lui, mais qui me donne l'impression d'être en sécurité, d'être exceptionnelle. Protégée.

— Oui.

Cette syllabe quitte ma bouche sans difficulté.

Je ne chante pas pour les gens, car cela ne plaît pas à ma mère, mais je sais que je suis plutôt douée. À la fac, mes professeurs me donnaient souvent des solos, et j'ai même tenu le rôle principal dans la comédie musicale *Gigi*, une fois. Je n'ai jamais parlé du spectacle à mes parents, et c'est mon deuxième prénom qui figurait sur le programme, pour éviter que les rubriques mondaines de New York n'en aient vent.

Antonio me caresse la joue avec son pouce. Je suis nue, mais ses yeux restent braqués sur mon visage. Nous restons ainsi, nos regards plongés l'un dans l'autre. Je suis convaincue qu'un échange d'énergie a lieu, mais j'ignore ce qu'il signifie. Tout ce que je sais, c'est que mon cœur bat la chamade et que mes lèvres fourmillent à cause de notre baiser.

Antonio me lâche doucement.

— Tu as intérêt à enfiler ton pyjama le plus hideux, sinon je risque de ne pas pouvoir tenir ma part du marché.

Un petit rire surpris m'échappe. Ma poitrine semble toute légère pour la première fois depuis le jour de mon mariage. Non, ce n'est pas vrai. Pour la première fois depuis mon départ pour l'université. Cette brève période où j'ai gagné un peu de liberté. Mais là, c'est différent. Je me sens pleine de chaleur, de lumière et de possibilités. De sécurité après avoir été dans ses bras.

Ironique, qu'un mariage forcé à un quasi-inconnu décidé à se venger crée un tel sentiment de liberté en moi.

Pendant que je saisis le répit qu'il m'offre et que je tourne les talons pour aller enfiler une chemise de nuit et une culotte, je réfléchis à tout cela.

Ce n'est pas réellement une sensation de liberté.

Plutôt le sentiment de n'avoir rien à perdre.

Non, ce n'est pas tout à fait vrai non plus. Car Antonio vient de m'octroyer quelque chose, et je ne parle pas du fait qu'il renonce à coucher avec moi ce soir, ce que j'aurais sûrement accepté. Il y a autre chose.

Une émotion que je veux conserver.

Une nouvelle vision de ce que je suis ; de ce que je pourrais être, loin des limites imposées par mes parents. Mon identité lorsque je ne suis pas avec eux.

Celle que je suis avec Antonio, peut-être.

Je me crispe face à cette idée, craignant qu'elle m'oppresse, mais non. En fait, je me sens plus légère.

Je jette un regard nerveux à mon nouveau mari, qui s'est mis en boxer et se dirige vers la salle de bains.

Pour la première fois depuis une éternité, je ne sais pas ce que l'avenir me réserve.

Pour la première fois depuis une éternité, j'ai hâte de le découvrir...

Chapitre Sept

ntonio

Le matin, je me réveille lorsque Dahlia change légèrement de position.

Elle est roulée en boule, dos à moi, et fait semblant de dormir.

J'ai eu du mal à passer la nuit sans plaquer ma femme au matelas pour soulever sa chemise de nuit toute fine et caresser chaque centimètre carré de son corps. Je meurs d'envie de glisser à nouveau la langue entre ses jambes et de la regarder perdre pied. De lui écarter les genoux et de découvrir ce que ça fait de plonger dans sa chaleur humide, de revendiquer ce qui m'appartient.

J'ai à peine fermé l'œil, mais je n'avais pas envie de quitter le lit conjugal pour aller dormir ailleurs.

Hier soir, quand j'ai entendu Dahlia chanter, quelque chose a changé pour moi. Elle est devenue plus réelle. J'ai vu la vulnérabilité d'une fille avec une passion qu'elle n'a jamais eu le droit d'explorer. J'ai été frappé d'un désir irré-pressible de réaliser tous ses rêves.

Et pourquoi pas, après tout ? C'est mon épouse. Ne devrais-je pas prendre soin de ce qui est à moi ?

Ma vengeance est achevée. Le mariage et le transfert de l'entreprise en étaient le point d'orgue.

Ce que je fais de ma femme n'a plus rien à voir avec ça.

Non, ce que j'ai désormais, ce que *nous* avons, c'est un nouveau départ.

J'aurais pu la revendiquer hier soir. J'ai bien senti sa réaction face à mon baiser. J'ai vu l'émerveillement dans ses yeux et dans son expression. Mais pour une fois, je n'ai pas eu envie d'en profiter.

À présent, cependant, je m'en mords les doigts. Le manque de sexe risque de me tuer aujourd'hui même.

Je glisse les doigts autour de sa hanche.

Elle se raidit. Elle a toujours peur de moi.

Ses os sont petits, et j'ai de grandes mains, qui couvrent toute la largeur de son pelvis. Je pourrais m'en servir comme d'une poignée pendant que je lui donnerais...

Je prends une inspiration mesurée alors que mes doigts se referment sur elle.

— Je sais que tu es réveillée, *principessa*.

Le tissu soyeux de sa chemise de nuit ne me facilite pas la tâche. Je tire sur les draps pour mieux la voir. Elle est très belle, une base en soie couverte de tulle qui ondule sur sa silhouette.

J'adore, jusqu'à ce que je me souvienne que...

— C'est pour lui que tu as acheté ça.

Mon accusation sort comme un grognement jaloux, plus dur que je ne le voulais.

Dahlia roule vers moi.

— Évidemment, réplique-t-elle d'un ton sec.

Je me concentre pour respirer plus lentement et me calmer, et pourtant, je suis de plus en plus agité.

— Tu avais hâte de l'enfiler pour lui ? Tu espérais que ça lui plairait ?

À cause du brouillard de ma jalousie, je mets un moment à remarquer que Dahlia a les larmes aux yeux, lorsqu'elle s'assoit et me fusille du regard.

— J'ai fait ce que j'étais censée faire, dit-elle.

Je me redresse à mon tour.

Elle bondit hors du lit en emportant la couette, qu'elle passe autour de ses épaules.

— J'ai fait ce qu'on attendait de moi.

Elle se dirige vers la salle de bains d'un pas lourd, mais s'arrête sur le seuil et se tourne vers moi pour ajouter :

— C'est ce que j'ai toujours fait, sauf la fois où j'ai pris le risque d'embrasser l'homme dangereux qui m'avait laissé tirer sur sa cigarette et qui me donnait des frissons lorsqu'il me touchait.

Elle pénètre dans la salle de bains et claque la porte derrière elle.

Je garde les yeux braqués dans cette direction, figé, cloué au lit.

Je digère ce qu'elle vient de me révéler : je suis sa seule erreur.

Et je lui ai donné des frissons.

— Dahlia.

Soudain, je me mets en mouvement, en direction de la salle de bains.

La porte est verrouillée, mais je me sers de l'ongle de mon pouce pour l'ouvrir.

Dahlia est face à moi, bras croisés sur sa poitrine pleine de jeunesse, le menton buté.

— Viens là, dis-je en lui ouvrant les bras.

Elle me regarde d'un air méfiant.

— Viens là, *principessa*. C'était injuste de ma part.

Évidemment que tu as acheté cette nuisette pour ton maire. Tu ne pouvais pas deviner que tu en épouserais un autre.

Horrifié, je vois deux grosses larmes rouler sur ses joues. Son menton tremble.

— Je ne l'ai pas achetée pour lui. Je l'ai achetée parce que c'est ce que j'étais censée faire. Parce que ma mère m'a dit que c'était approprié. Tu cherches à savoir si je suis amoureuse de lui ? Si je tiens à lui ? Pourquoi ne pas poser la question franchement, plutôt ?

Je serre les dents. Sa voix a une note de défi, un défi que j'ai envie de relever.

— C'est le cas ? grogné-je.

Elle soutient mon regard tandis qu'elle secoue la tête.

— Non, répond-elle d'une voix légèrement brisée. Alors si tu croyais te venger de moi en me brisant le cœur, tu t'es bien planté.

Bon sang.

Je me doutais qu'il ne s'agissait pas d'un mariage d'amour, mais je pensais quand même qu'elle était contente d'intégrer une famille puissante. Qu'elle participait volontairement à cette union arrangée.

Maintenant, tout comme hier soir, je réalise que Dahlia est seulement une jolie fille prisonnière d'un tas d'attentes et de conventions dont elle se fiche éperdument. C'est pour ça qu'elle est venue me voir, le soir de son bal. Pour ça qu'elle tremblait, hier soir, quand je lui ai dit qu'elle avait le droit de chanter.

— Je suis désolé.

Elle ne s'est pas glissée dans les bras que je lui offre, alors je la serre contre moi et embrasse le sommet de son crâne.

Elle repousse mon torse pour lever la tête.

— Désolé de quoi ?

Elle a toujours son expression bornée. Elle m'en veut, tout comme elle en veut à ceux qui lui ont toujours dit quoi faire, qui se sont toujours attendus à ce qu'elle se plie à leur volonté. Je ne vaux pas mieux que ses parents. Je ne lui ai donné aucun choix quant à son avenir.

Les regrets me transpercent la poitrine, mais je les repousse.

J'ai exécuté mon plan. Impossible de changer de cap, désormais. Dahlia est mienne, et je ne la laisserai pas m'échapper.

— Désolé que ta vie ne t'ait jamais appartenu.

Ses yeux s'embuent à nouveau tandis qu'elle me dévisage. Je pose la paume sur sa joue et je passe le pouce sur sa peau douce.

— Tu n'es pas désolé, me dit-elle. Tu veux juste me contrôler à leur place.

Elle me contourne et sort de la salle de bains. Je la laisse faire, car elle a parfaitement raison.

— Je ne *veux* pas te contrôler, lancé-je dans son dos pendant qu'elle commence à se changer devant la commode. Je te contrôle déjà.

Chapitre Huit

Dahlia

Je passe la journée sur le pont à lire mon livre en maillot de bain. L'air est bien chaud. Nous avons quitté les eaux de la Nouvelle-Angleterre, c'est évident. Je suis trop fière pour demander où nous sommes, puisque cela n'a pas vraiment d'importance. Antonio affirme que je ne quitterai pas ce bateau avant d'avoir consommé notre union, alors je compte tenir bon. *Pendant des années, s'il le faut.*

Ce serait bien fait pour lui.

Je déjeune seule sur le pont. En fin d'après-midi, j'aperçois des terres à l'horizon. À ma grande surprise, nous jetons l'ancre. J'ignore où nous sommes, mais cela me permettra peut-être de faire passer un message à mon père. Shawn, le capitaine, y travaille peut-être déjà. Je devrais tenter de le revoir.

Je glisse un marque-page dans mon livre et quitte ma chaise longue tout en réfléchissant.

Antonio arrive d'un pas tranquille.

— Enfile une robe, chérie. Je t'emmène dîner.

Mon cœur se met à battre deux fois plus vite, envahi par l'adrénaline. Parfait. C'est peut-être l'occasion de m'enfuir.

Non. Je n'essayerai pas de m'échapper avant d'avoir parlé à mon père. Je ne voudrais pas signer l'arrêt de mort de mes parents en mettant Antonio en colère. Mais si ce que Shawn m'a dit est vrai, mon père manigance pour nous libérer. Je veux au moins découvrir où nous nous trouvons. Et si je peux lui parler, ce serait encore mieux.

— Bon, d'accord, dis-je, comme si sortir avec Antonio était une corvée, pas une chance.

Je lui passe devant et vais m'habiller dans la chambre. J'enfile une minirobe blanche et une paire de sandales à talons. Autant jouer de mes atouts. Sans vouloir me vanter, mes jambes longues et bronzées sont à se damner.

Le grognement approbateur d'Antonio lorsque je sors de la suite ne devrait pas me satisfaire à ce point, mais je me repais de son regard brûlant. Je fais onduler mes hanches en marchant. Cet homme met tout mon corps en éveil. Il me fait vibrer, contrairement à Jake. Contrairement à tous les autres hommes.

Il me prend par la main, et nous descendons sur le petit bateau à moteur qui nous attend.

— Où est-on ? demandé-je lorsque nous arrivons à quai.

— À Miami.

D'accord. Ça me convient.

— Oh, très bien. J'adore manger cubain.

J'ôte ma main de la sienne, agite mes cheveux, et me mets à avancer.

Deux de ses hommes m'encadrent soudain, et je sursaute comme s'ils m'avaient menacée.

— Éloignez-vous de ma femme, gronde Antonio.

Son emploi du mot *femme* me choque toujours autant. J'ai l'impression qu'il m'électrise chaque fois qu'il marque son territoire ainsi. Et je mentirais si je disais que cela me déplaît complètement.

Ses hommes me laissent un peu d'espace.

J'attends qu'Antonio me rattrape. Si je dois choisir entre ses hommes et lui, je le choisis lui. En plus, je veux qu'il croie que je suis docile, pour mieux lui échapper plus tard. Aller aux toilettes et trouver un téléphone. N'importe quoi.

Il pose délicatement une main dans le creux de mon dos, et nous traversons une esplanade.

— Tu es déjà venue à Miami ?

— Non, admets-je.

— La ville est réputée pour ses perles noires. Ça t'intéresse ?

Je sens qu'Antonio a envie de me faire plaisir. Et c'est peut-être pour cela que je m'entête.

— Non, réponds-je.

Il me mène vers l'une des boutiques.

— Allons voir quand même.

Un homme élégant se trouve derrière la vitrine. Il incline la tête et nous salue.

— *Buenas tardes*, dit-il.

— *Buenas tardes.*

Je jette un coup d'œil aux bijoux exposés, consciente de l'attention qu'Antonio me porte. De l'intensité avec laquelle il observe mes réactions. Je n'ose pas me mettre en quête d'un téléphone ou d'un complice maintenant.

— Montrez-nous celui-ci, dit-il.

Il indique le collier sur lequel mon regard s'est arrêté : une énorme perle montée sur de l'or blanc dans une courbe asymétrique originale.

Le bijou est à couper le souffle.

Ni conservateur ni banal.

J'aurais détesté des rangées de perles classiques. Les

perles blanches, j'en ai porté toute ma vie. Toutes les femmes que je connais en portent. Je ne les trouve pas jolies, et je me fiche qu'elles coûtent une fortune.

Ce collier est différent.

Antonio indique une bague assortie dans la vitrine.

— Montrez-nous aussi la bague.

Le bijoutier se hâte d'obéir. Il sort les deux pièces et me met le collier autour du cou avant que je puisse protester. Il me tend un miroir pour que je puisse m'admirer.

C'est ravissant. Des arcs-en-ciel chatoient sur les orbes noir argenté miroitants.

Le vendeur tente de glisser la bague à ma main droite, mais Antonio prend le relais et m'enlève l'alliance choisie par Jake pour la remplacer par le bijou en perle.

Ça me tue qu'elle m'aille si parfaitement, car je ne veux pas l'aimer. Et je ne veux pas me réjouir qu'Antonio souhaite remplacer mon alliance. Je voulais m'accrocher à son affront et m'en servir pour rester sur la défensive face à lui.

— On prend les deux. Et ces boucles d'oreilles, dit Antonio en montrant une paire de longs pendants en or blanc avec d'énormes perles noires à leurs extrémités.

Il dépense une somme folle, et je porte mes nouveaux bijoux en sortant de la boutique.

Une fois dehors, il me prend par le menton et fait tourner ma tête d'un côté puis de l'autre pour m'inspecter comme il l'a fait dans la limousine, le jour du mariage.

— Ça te va bien. C'est classe, mais différent. Beaucoup plus original que ce que tu portais avant.

Je lutte contre la sensation de chaleur que ses mots produisent en moi. Je lutte de toutes mes forces.

— Je suis censée dire merci ?

Il me lâche le menton.

— Non. Te voir les porter me suffit.

Je fais tourner ces mots dans ma tête encore et encore en me demandant ce qu'ils signifient. Pourquoi cela lui importerait-il, que je porte ses cadeaux ou non ? Que me veut-il vraiment ?

J'ai l'impression que ses intentions ont changé.

Comme s'il ne cherchait plus uniquement à se venger. Car si c'était le cas, il se ficherait de me voir porter sa bague. Il ne me l'aurait même pas offerte.

Non, Antonio cherche à me faire plaisir.

Et j'ai beau détester l'admettre... il a réussi.

Ce qui ne change absolument rien à mon intention de contacter mon père ce soir.

* * *

Antonio

Une drôle de chose s'est produite.

J'aime être en présence de ma femme. D'accord, elle est très belle, mais il n'y a pas que ça. J'aime entendre sa voix, même quand elle est tendue et sur la défensive. J'aime observer son expression. J'aime constater qu'elle a beau essayer de cacher ses émotions, je l'attire. Elle aime que je lui accorde de l'attention.

Si je la laisse remporter quelques manches, elle baissera peut-être de nouveau la garde. Nous pourrons peut-être devenir un vrai couple. Ce n'est pas ce que je voulais - ni ce à quoi je m'attendais, en tout cas pas consciemment. Mais cette femme est au centre de mes projets de vengeance depuis le début. C'était le déclencheur. La fille qui était prétendument trop bien pour moi, la fille que je ne méritais pas.

La fille qui est devenue le symbole de tout ce qui me mettait en colère. Sauf qu'il s'agissait d'un symbole scintillant, brillant. Quelque chose à atteindre, à capturer, et à garder.

La beauté énigmatique et sensuelle du bal.

Le trophée.

Mon trophée. Ce que je méritais vraiment, le soir du bal et aujourd'hui.

Non, peut-être pas aujourd'hui. Parce que je n'ai pas encore gagné son affection. Je me suis battu déloyalement, et j'ai gagné.

Le moment est peut-être venu de faire la cour à mon épouse, pour de vrai. De découvrir ce qui lui plaît. Comment la faire sourire, rire, chanter.

Et, bon sang, quelle voix ! Celle d'un ange !

Après l'avoir entendue chanter hier soir, j'ai eu l'impression d'entrapercevoir la vraie Dahlia. L'artiste talentueuse et vulnérable qui n'a jamais eu le droit d'exprimer ses dons.

Ça me donne envie de tordre le cou à ses parents.

Et désormais, je suis déterminé à m'assurer qu'elle puisse accomplir tous ses rêves.

C'est pour cela que j'ai choisi un restaurant en plein air festif avec un groupe de pop contemporaine, au lieu d'un établissement chic comme ceux dont elle doit avoir l'habitude.

Les touristes sont assis sous un toit de paille et sirotent des cocktails fruités.

Je vois la curiosité de Dahlia prendre le pas sur ses tensions. Elle observe le groupe et les touristes joyeux et pompettes qui nous entourent pendant que le serveur prend nos commandes de boissons.

Elle sirote un daiquiri à la banane, et je lui en commande aussitôt un autre. Son humeur devient vite plus légère. Tandis que nous dégustons un dîner de poisson très simple, elle fait doucement onduler ses épaules et agite la tête au rythme de la musique, souriant en direction du groupe.

— Ils sont bons, hein ?

— Très bons, répond-elle.

— Tu chantes dans ce style aussi ? Ou seulement l'opéra ?

— J'aime bien ce genre musical. Je chante de tout. Si j'avais pu faire tout ce que je voulais, je serais devenue une star de Broadway.

Je suis touché.

Elle a le talent pour, en plus. Quel dommage que ses parents n'aient jamais soutenu ses ambitions.

Quand après le dîner, elle s'excuse pour aller aux toilettes, j'envoie l'un de mes hommes garder un œil sur elle, et je vais parler au chanteur principal du groupe.

Les gens ont commencé à danser, certains sous l'effet de l'alcool, d'autres avec plus d'élégance. Je prends Dahlia par la main lorsqu'elle revient, et je la mène sur la piste. Son pouls bat à toute allure dans son cou.

Elle est tout excitée. De danser avec moi ?

Je réalise qu'elle ne s'est sans doute pas beaucoup amusée, dans la vie. Pas beaucoup lâchée. Nous dansons sur quelques chansons, et je lui commande un autre verre, mais sans jamais quitter la piste. Nous dansons jusqu'à ce qu'elle ait les joues roses et les yeux brillants.

Puis je la conduis sur scène et dis au meneur du groupe qu'elle va chanter avec eux.

— Quoi ? Non !

Dahlia tente de tourner les talons et de battre en retraite, mais je la pousse doucement vers l'avant.

— C'est une chanteuse exceptionnelle, expliqué-je. Dis-leur quoi jouer, *bella*, et je suis sûr qu'ils suivront.

Tout à l'heure, j'ai glissé un pourboire au chanteur pour m'assurer qu'il la traite correctement.

Dahlia me jette un regard, et je lui fais un clin d'œil.

— Euh... Vous pouvez jouer *Be My Baby* ?

Le groupe entame les premières notes, et Dahlia saisit le micro que lui tend le chanteur principal. Elle commence.

Dix chansons plus tard, il y a une ambiance folle, et Dahlia est la nouvelle star du restaurant. Je reste à mon poste au pied de la scène, juste devant elle. Son plus grand fan et protecteur.

Je m'assure qu'elle ne manque jamais d'eau et de daiquiris, et je bois à son talent. À sa présence. À son assurance. À son charisme.

Elle pourrait devenir une star. Elle devrait déjà en être une.

Elle est merveilleuse.

Lorsqu'elle se met à buter sur les mots et à vaciller, je la prends par la main et lui fais quitter la scène dans mes bras, comme une jeune mariée.

— Retournons sur le yacht, *amore*.

Elle passe les bras autour de ma nuque et m'embrasse sur la tempe.

— C'était amusant.

— C'est vrai ?

— Merci.

Elle semble sincère, et cela produit une drôle de sensation dans ma poitrine. Une sorte de tension et de tiraillement.

— Je prends soin de ce qui m'appartient, dis-je.

Elle me mord l'oreille.

— Alors je t'appartiens ?

Sa langue glisse le long de mon lobe, et je deviens dur comme du bois.

— Oh oui, tu es à moi.

Si j'étais un vrai gentleman, je ne profiterais pas de son affection, provoquée par l'alcool et son euphorie.

Mais je ne suis pas un gentleman, et c'est ma femme.

Ça fait trois jours que je suis en manque. Je n'aurai pas de scrupules à saisir ma chance. Si j'arrive à la séduire maintenant et à obtenir son consentement, rien ne pourra m'empêcher de conquérir pleinement mon épouse.

— Pourquoi est-ce que tu veux de moi ? demande-t-elle d'une voix alcoolisée. Je suis la fille de ton ennemi. Je devrais te répugner, non ?

— Me répugner ? répété-je avec un rire sans joie. Loin de là.

Je la porte sur le bateau à moteur et l'assois sur mes genoux pour le court trajet jusqu'au yacht.

— Tu as oublié comment il est devenu mon ennemi, ajouté-je.

Ses seins sont juste sous mes yeux. J'ouvre la bouche et la mords à travers le tissu de sa robe.

Elle gémit et se trémousse sur mes cuisses. Je referme les dents sur l'un de ses tétons.

— Je t'attirais, dit-elle d'un ton un peu émerveillé, comme si cette idée ne lui avait encore jamais traversé l'esprit.

Je crois que moi aussi, je l'avais oublié. La suite des événements avait effacé l'expérience originelle. Ma vie gâchée pour un baiser et quelques caresses.

— Mmm, réponds-je en passant le pouce le long de sa gorge. Tu es une très belle femme. Une aristocrate new-yorkaise. Tu aurais dû être inaccessible, pour un gars comme moi, et pourtant, tu me courais après comme si j'étais ce que tu voulais.

Dahlia pivote et me surprend en se mettant à califourchon sur mes genoux. Je doute qu'elle ait l'intention de se frotter à moi - elle veut sans doute seulement me regarder en face -, mais cela ne m'empêche pas de coller son centre à mon érection.

Elle se met aussitôt à onduler dessus. Je pense qu'elle ne sait même pas ce qu'elle fait, mais son corps semble comprendre instinctivement ce qui se passe.

— Oui, je te courais après, admet-elle. Tu dégageais quelque chose de fort, même à l'époque.

— Même quand je n'étais qu'un serveur à ton bal ?

Je ne devrais pas l'asticoter. Pas quand sa poitrine est juste sous mon nez et que son centre chaud se frotte à mon membre.

Elle m'embrasse. C'est un baiser maladroit et impatient, et sa ferveur me fait tout oublier, sauf la sensation de son corps pressé contre le mien. Mon désir de lui donner du plaisir et d'en obtenir en retour. Je prends son visage dans ma main pour lui rendre son baiser. Je glisse la langue dans sa bouche et prends les rênes.

Ses jolies fesses se balancent sur mes genoux. Je referme les doigts sur sa chair et l'aide à trouver son rythme. Lorsque le bateau atteint le yacht, elle est essoufflée, brûlante.

Sans perdre une minute, je l'aide à monter l'échelle.

Elle se dirige vers la suite lorsque je la rattrape, et je la porte dans mes bras le reste du chemin. J'ouvre la porte d'un coup de pied et la pose par terre, avant de dézipper sa robe et d'embrasser passionnément ses lèvres gonflées.

Elle pousse de petits gémissements dans ma bouche pendant que ses mains se promènent sur mon torse. Elle ouvre l'un des boutons de ma chemise. Je fais passer sa robe par-dessus sa tête.

— Tu ne m'avais pas oublié ?

J'ignore pourquoi je demande ça. Pourquoi il me semble important de vérifier qu'elle n'embrassait pas tous les serveurs de tous les bals auxquels elle assistait quand elle était plus jeune.

— Je ne t'ai jamais oublié.

Je dégrafe son soutien-gorge et tire sur les bretelles jusqu'à ce qu'il glisse le long de ses bras et tombe par terre.

— Tu aurais voulu que ça aille plus loin, ce soir-là ? m'enquiers-je.

Mon pouce effleure un téton dressé. J'ai toujours une main sur sa nuque pour la tenir prête à accueillir mes baisers. Je ne lui laisse pas le temps de se dégonfler ou de se mettre à stresser.

— Oui, souffle-t-elle.

— Qu'est-ce que tu m'aurais donné, si j'avais pu continuer ?

Je caresse l'un de ses seins et le palpe tout en faisant reculer Dahlia vers le lit.

Elle pousse un gémissement impatient.

— Alors ? insisté-je en saisissant ses fesses, à présent.

— Je... je ne sais pas.

Elle a déjà ouvert la moitié des boutons de ma chemise. Je tire dessus et fais sauter ceux qui restent. Les ongles de Dahlia effleurent les poils de mon torse.

Je la pousse sur le lit et me laisse tomber sur elle. Elle écarte les cuisses, m'autorisant à frotter la bosse de mon érection entre ses jambes. La sensation la fait soupirer.

— Tu m'aurais laissé te toucher là ?

Je glisse une main entre nos corps, dans sa culotte, et je l'écarte d'un doigt.

Elle pousse un petit cri dès que je touche son clitoris.

Ses jambes se referment autour de ma taille pour me coller à elle.

— Seigneur, oui !

Je ris, sans savoir si ce oui est une réaction à mes caresses ou une réponse à ma question. Aucune importance. Je décris des cercles lents autour de son clitoris. Elle a les joues rouges, et ses paupières papillonnent tandis que ses mains me caressent les épaules.

Je glisse mon index en elle. Elle gémit doucement, et sa jolie bouche reste ouverte.

Je dépose une pluie de baisers le long de sa mâchoire, puis de son cou.

— Je fantasmais sur toi, après, dit-elle.

Oh, putain. Je n'en crois pas mes oreilles.

— Ah bon ? Et qu'est-ce que je faisais, dans ces fantasmes ?

J'ajoute un deuxième doigt pour préparer son entrée étroite à mon passage.

— Je faisais ça ?

Elle hoche la tête.

— Oui. Mais la réalité est encore mieux. Je n'imaginais même pas à quel point.

Je fais aller et venir mes doigts en elle.

— Tu ne te doutais pas que ce serait aussi bon ?

Elle se mordille la lèvre inférieure et secoue la tête.

— Non.

Cette syllabe semble désespérée, comme si l'orgasme approchait déjà.

Mais je ne veux pas qu'elle jouisse sans moi, cette fois. Je meurs d'envie de finir avec elle, de nous mener à l'extase en même temps.

J'ouvre ma braguette et libère mon érection.

Dahlia se hisse sur les coudes et regarde mon sexe. Elle ne semble pas effrayée. Plutôt... fascinée.

— Tu n'auras jamais connu un plaisir pareil, lui promets-je en promenant mon gland dans ses fluides. Tu veux regarder ?

Je prends un oreiller et le glisse sous ses épaules et sa tête, afin qu'elle ne se fasse pas mal à la nuque.

— Tu peux me regarder te baiser.

Je me glisse en elle, en prenant mon temps, me servant de sa lubrification naturelle pour l'ouvrir à moi.

Elle se crispe lorsque je m'enfonce, alors je recule légèrement.

— Tiens, dis-je en prenant sa main pour la placer autour de mon érection. C'est toi qui gères.

Son regard virevolte jusqu'à mon visage, avant de retourner à mon sexe.

— Fais-la glisser en toi, princesse.

Elle tire doucement, et je suis le mouvement, respectant son rythme, reculant lorsqu'elle me repousse. Facilement, naturellement, je m'enfonce en entier, son passage étroit ouvert et mouillé pour moi.

Si je me sens victorieux, ce n'est pas parce que j'ai réussi à consommer notre union ou à obtenir ma baise de revanche.

C'est parce qu'il y a de la confiance entre nous. De l'intimité. J'ai l'impression que nous formons une équipe. En cet instant, Dahlia n'est pas à moi, je suis à elle. Je serais prêt à tout pour lui rendre cette expérience agréable.

Je passe un bras dans son dos et nous fais rouler de manière à ce qu'elle se retrouve au-dessus.

— Chevauche-moi, susurré-je.

Elle obéit, poussant sur mon torse pour soulever le bassin et onduler. Je la prends par les hanches pour lui montrer comment bouger, puis je la lâche et lui donne une tape sur les fesses.

— Prends les rênes. Montre-moi ce qui te fait du bien, dis-je.

— Du bien à moi ? demande-t-elle d'un air dérouté.

Je hoche la tête et lui montre le même mouvement.

— Comment est-ce que tu aimes ça ? Tu arrives à prendre du plaisir comme ça ?

— Si je peux... ?

Elle se mordille de nouveau la lèvre et commence à se frotter à moi.

— Oh !

Son expression de plaisir et de surprise me coupe le souffle. Ses mains tombent sur mes épaules, et elle se met à aller plus vite.

— *Oh.*

Elle s'accroche à la tête de lit, qu'elle utilise pour se propulser contre moi. Ses mouvements deviennent de plus en plus rapides, et sa respiration se transforme en halètements déchaînés.

Je parie que je pourrais la faire jouir d'une caresse sur son clitoris, mais je secoue la tête.

— Pas encore, *principessa.*

Elle s'interrompt brusquement et me regarde avec de grands yeux, comme si elle avait fait une bêtise. Je la retourne sur le dos.

— Je veux qu'on finisse en même temps, cette fois. Tu jouiras avec moi ?

Elle plonge son regard dans le mien et hoche la tête.

— Gentille fille.

Je vais et viens en elle, lentement, d'abord. Elle est trempée, à présent, et je n'ai aucun mal à glisser en elle.

— Tu es toute mouillée. Ça t'a plu de chevaucher ma queue, hein bébé ?

— Antonio.

Entendre mon nom dans sa bouche fait des choses insensées à mon cœur. Cette fois encore, je sens que je lui appartiens. Je veux faire tout ce qui est en mon pouvoir pour l'entendre haleter mon nom chaque jour de ma vie.

Je me mets à aller plus vite, et elle ne prononce plus mon nom, elle le scande.

Voilà.

C'est ça qui m'a manqué toute ma vie.

J'ai connu des femmes. Plein. Mais cette fois, quelque chose est différent. Dahlia est mon épouse. Et ce n'est pas qu'un symbole, qu'une conquête. Ce n'est pas simplement l'idée de coucher avec la petite mondaine qui me plaît.

Bon sang.

Toute ma vengeance avait-elle uniquement pour but de la conquérir ?

Y avait-il quelque chose de hors du commun dans notre baiser ? Dans notre rencontre ?

Nos deux âmes étaient-elles destinées à se retrouver dans cette vie ? Ai-je reconnu Dahlia, à l'époque ?

Je crois bien que oui.

Cette prise de conscience me fait perdre tout contrôle, et j'enchaîne les coups de reins sauvages, oubliant de me montrer doux avec elle. J'agrippe la tête de lit et vais et viens brusquement, encore et encore, jusqu'à ce que mes bourses se contractent.

Dans un cri, je jouis, et Dahlia referme les jambes dans mon dos pour me serrer contre elle. Je suis aveugle, je ne vois que les feux d'artifice sur fond noir qui dansent devant moi pendant que j'éjacule longuement en elle.

— Dahlia.

Je me souviens d'elle, ramené à la réalité lorsque je me rends compte que j'ai été brusque avec elle, terriblement brusque pour une femme vierge.

Elle a les paupières serrées.

Je glisse la main entre nous pour caresser son clitoris, et ses muscles se contractent sur mon membre.

Elle pousse un cri, cambrée contre moi.

— Oh, mon Dieu !

— C'est bien, *principessa*. Jouis, toi aussi.

— Oh, Seigneur.

Elle continue de se contracter en rythme sur mon sexe, aspirant mes dernières gouttes.

— C'était fantastique, dit-elle.

Bon sang, je suis soulagé.

Je nous fais rouler sur le côté et la prends dans mes bras. Je l'embrasse sur le front, le nez, les lèvres.

— C'était bon à ce point-là, ma belle ?

— Mmm.

Je lui caresse le dos et savoure la douceur de sa peau, la façon dont elle se blottit contre moi et me laisse l'enlacer.

Pour la première fois depuis des années, je ressens un calme intérieur.

Un apaisement.

Dahlia est mienne. Son cœur ne m'appartient peut-être pas encore, mais son corps si.

Le reste viendra.

Chapitre Neuf

D*ahlia*

Je me réveille pelotonnée dans les bras d'Antonio. Je suis bien au chaud et comblée. Courbaturée, mais de la meilleure des manières.

Lorsque je bouge, l'étreinte d'Antonio se resserre, et il m'embrasse l'arrière du crâne.

Je n'avais pas l'intention de coucher avec lui.

Oh, pourquoi mentir ? J'en avais envie. C'est ce que je veux depuis le soir de mon bal. Chaque fois que j'ai imaginé avoir des rapports sexuels, c'était avec lui.

Et c'était mille fois mieux que ce que je pensais. Très satisfaisant. Très addictif.

J'en veux encore, c'est sûr.

Mais il y a un aspect auquel je n'avais pas pensé.

Cette étreinte. Ces caresses. Ces murmures entre deux baisers pleins de tendresse.

L'affection d'Antonio me terrifie. C'est délicieux. Pile ce dont j'ai manqué toute ma vie. Et maintenant que j'ai connu ce genre d'attentions, je ne veux plus jamais avoir à m'en passer.

Hier soir, quand je suis allée aux toilettes, j'ai pu glisser un message à l'un des serveurs. Dedans, je lui promettais que mon père le récompenserait grassement s'il appelait le numéro que je lui donnais pour prévenir mon père de ma présence au restaurant.

J'ignore s'il l'a fait, mais à présent, cette idée me tord l'estomac.

Il n'appellera peut-être pas. Si ça se trouve, il a jeté mon message en levant les yeux au ciel, agacé par les exigences des touristes.

Je l'espère.

Ce matin, l'idée que mon père arrive à la rescousse me rend malade. Surtout parce que je sais qu'il serait impitoyable avec Antonio.

Ça paraît fou, de se dire que faire l'amour nous a changés, mais c'est le cas. À moins que ce soit autre chose. Peut-être que nos ébats étaient seulement le résultat d'un changement entre nous. Hier soir, avec Antonio, je me suis sentie importante et aimée. Comblée par la façon dont il me regardait chanter. Son comportement a comblé une brèche dans mon âme abîmée, creusée un peu plus à chaque fois que l'on me rejetait, enfant, quand j'étais moi-même. À chaque fois que je n'avais pas le droit d'exprimer mes sentiments, de maîtriser ma vie, d'avoir des envies. Toutes ces fissures et ses crevasses, réparées par le regard admirateur d'Antonio.

Quelque part, le fait qu'il m'accepte telle que je suis et qu'il flatte les facettes qui m'ont valu le rejet de mes parents – mon côté sauvage, rebelle, artiste en mal de performance – m'a transformée. Je me sens plus entière aujourd'hui que je ne l'ai sans doute jamais été. Comme si toutes les parties de mon être éclaté avaient été recollées.

Et puis il y a le sexe. J'ai adoré ça. Pas seulement les sensations dans mon corps, mais la réaction d'Antonio lorsqu'il a atteint l'orgasme. J'ai aimé le voir perdre le contrôle, désespéré et excité. Avant de faire l'expérience de son immense gratitude juste après.

Alors oui, tout a changé entre nous. Nous ne sommes plus les deux personnes qui ont quitté le *Lune de Miel* hier.

Si ça se trouve, je suis déjà enceinte d'Antonio. Cette idée, plus que toutes les autres, m'emplit de terreur.

Comment tout cela va-t-il se finir ? Si mon père vient me chercher et qu'Antonio est le père de mon enfant... que puis-je faire ? Je suis l'épouse d'Antonio, désormais. Si je suis enceinte de lui, je devrais rester avec lui.

Je ne peux nier la pointe de satisfaction que cette idée provoque en moi. L'idée que les circonstances puissent m'obliger à rester avec Antonio et à élever notre enfant avec lui. Serait-il un bon père ? Meilleur que le mien ? Ce que j'ai vu hier soir me dit que oui. Il était indulgent, avec moi. Attentionné. Et j'ai aimé la façon dont il a géré notre première fois. Il ne s'est pas montré insistant. Il ne m'a même pas demandé si j'allais bien. Il s'est *assuré* que j'aille bien. Il savait parfaitement quoi faire pour que ça me plaise. Et je l'aime pour ça.

Mon Dieu, je viens vraiment de parler *d'amour* ? Je ne peux pas aimer Antonio ! C'est mon ravisseur. L'ennemi de mon père.

Mais, et s'il s'agissait d'une histoire à la *Roméo et Juliette*, en plus fou ? Deux amoureux venus de deux familles en guerre, destinés à être ensemble.

Antonio me mordille la nuque.

Je ne me suis pas brossé les dents hier soir, et j'ai la bouche pâteuse. Je repousse les draps et tente de me glisser hors du lit. Antonio me rattrape et me tire contre lui.

— Où est-ce que tu crois aller comme ça ?

Il me plaque sur le dos et se place au-dessus de moi pour me donner un baiser.

Je détourne le visage.

— J'ai mauvaise haleine !

— Je m'en fiche.

Et manifestement, il dit vrai, car il m'embrasse goulûment, sa langue entre mes lèvres. Nos bouches ne forment plus qu'un. Nos haleines sont mêlées. Lorsqu'il recule, il prend un verre d'eau sur la table de chevet, me soulève la tête et le porte à mes lèvres.

— Comment ça va, ce matin ?

Je vide le verre entier, et il rit.

— Tu as un peu la gueule de bois ? J'espère que je t'ai tenue éveillée assez longtemps hier soir pour que tu finisses de dégriser.

Mon corps brûle lorsque je repense à la façon dont il s'y est pris.

— Oui, réponds-je. Enfin, je vais bien. Très bien. J'ai juste besoin de me brosser les dents.

— D'accord, j'imagine que c'est permis.

Son sourire dévoile des fossettes que je n'ai pas assez vues. Il me lâche.

— Mais reviens dès que tu as terminé.

Je quitte le lit, surprise de ne pas être gênée d'être complètement nue. Je sens Antonio admirer mon corps, et cela me réchauffe de l'intérieur. Il veut que je retourne au lit. Qu'a-t-il en tête ? Je ne suis pas sûre de pouvoir faire face à sa nudité sans alcool.

Non, c'est faux. Tandis que je vais aux toilettes et que je me brosse les dents, mon cœur tambourine d'impatience. J'ai hâte de me glisser de nouveau sous les draps et de sentir ses mains sur ma peau. On dirait que mon corps sait que sa place est à côté du sien.

Quand j'émerge de la salle de bains, il est assis sur le lit, un vrai dieu romain. Il soulève les draps et me tend les bras.

— Viens là.

Lorsque j'obéis, il me serre contre lui et me caresse les côtes.

— Tu as mal, *principessa* ?

Ses doigts se promènent entre mes cuisses, une douce caresse qui n'atteint pas tout à fait mon centre.

— Un peu, dis-je.

Il trouve les restes de son essence séchée à l'intérieur de mes cuisses, et il pousse un grondement approbateur.

— Tu ne t'es pas essuyée.

Je rougis. Étais-je censée le faire ? Je n'y connais rien.

— Ça me plaît. Ne t'essuie jamais, après. C'est une nouvelle règle.

— Je ne suis pas tes règles.

J'ai dit ces mots d'un ton léger, sans aucun venin. Je veux juste qu'il sache que je continuerai de lui tenir tête. J'ai beau avoir accepté de consommer notre union, cela ne veut pas dire que je suis à ses ordres ou que j'ai accepté ce mariage.

Il esquisse un sourire.

— C'est parce que tu aimes être punie pour déso-béissance.

Il me fait rouler sur le dos et me grimpe dessus, avant de reculer jusqu'à ce que sa tête soit au-dessus de mon pelvis.

Mon centre se contracte d'impatience.

— Écarte les cuisses, Dahlia. Cette fois, il s'agira d'une récompense.

Inutile de me le dire deux fois. Je laisse tomber mes genoux sur les côtés, et Antonio plonge la tête entre mes jambes.

Mon ventre frémit dans une inhalation. Antonio fait glisser sa langue le long de ma fente pour m'écarter.

— Oh, *Seigneur*.

C'est tellement bon.

Encore meilleur que la dernière fois. Je crois que plus Antonio me touche, plus il me donne de plaisir, et plus mon corps devient réceptif. Je suis déjà prête à l'accueillir, prête à jouir à la moindre provocation.

Et niveau provocation, il assure.

Il fait tourner sa langue autour de mon clitoris. Il me suçote et me taquine, use doucement de ses dents.

Je halète, et mon bassin se soulève face à cette délicieuse sensation.

— Ça te plaît, *bella* ?

— Uhn.

Je laisse échapper une syllabe inintelligible, à mi-chemin entre le grognement et le cri. C'est délicieux. J'en veux encore. Tout ce qu'il m'a donné hier soir, et même plus.

Il me saisit les fesses et tourne mon pelvis en direction de sa bouche. Elle couvre mon sexe tout entier pendant qu'il me lape et me pénètre avec sa langue agile.

J'enfouis les doigts dans ses cheveux et tire dessus, désespérée.

— Tu as besoin de jouir, bébé ?

Il glisse un doigt en moi.

Je me tortille contre lui. Mon entrée est sensible, mais je m'en fiche. Cette sensation est incroyable. J'en ai besoin. Je suis mouillée, trempée, et son doigt me semble trop fin.

— Je veux...

— Qu'est-ce que tu veux, *principessa* ?

— Je te veux.

Antonio a un sourire diabolique.

— Dis-le. Dis : *je veux ta queue, Antonio.*

— Je veux ta queue, Antonio.

Il n'en faut pas plus. En un instant, mon mari est sur moi, son membre contre mon entrée. Lorsqu'il s'enfonce en moi, ma satisfaction est indescriptible. Indicible.

Ça me paraît parfaitement *naturel*. Nos corps s'appartiennent.

Je le prends par les épaules et m'accroche tandis qu'il va et vient doucement, sans cesser de me dévisager.

Je me rappelle à quel point il était merveilleux de le regarder atteindre l'extase hier, et je gémis mon approbation. Je veux qu'il cesse de se focaliser sur moi et qu'il se perde à nouveau dans le plaisir.

Antonio place une main autour de ma gorge pour me maintenir en place pendant qu'il me pénètre avec plus de force.

C'est douloureux, mais dans le bon sens. C'est satisfaisant. J'en veux encore, en tout cas.

Je me mets à gémir plus fort, plus pour faire plaisir à Antonio, mais parce que je lâche prise à mon tour. C'est tellement bon de le sentir bouger en moi, de le rejoindre dans le plaisir.

La respiration d'Antonio devient de plus en plus saccadée, et ses traits se crispent.

— Dahlia, gronde-t-il.

Il ne m'en faut pas plus. Le simple fait d'entendre sa grosse voix prononcer mon nom me fait jouir. Je me contracte autour de lui et croise les chevilles dans son dos pour le coller à moi.

— Attends... *putain,* halète-t-il, sans interrompre ses coups de reins. *Maintenant.*

Il s'enfonce jusqu'à la garde et reste en place, m'emplissant de sa semence chaude.

Mon corps comprend l'ordre qu'il me donne, car l'orgasme qui me submerge est incomparable avec ce que j'ai éprouvé jusqu'à présent. Mes muscles internes se contractent autour de lui, mes cuisses se crispent sur ses hanches. Je lui mords le cou, suçote le lobe de son oreille, halète, crie et gémis tandis que nos corps atteignent l'extase ensemble.

— Oh, bébé, soupire-t-il contre ma gorge.

Il lève la tête et saisit mon menton d'une main autoritaire.

— Tu as été incroyable. C'était tellement bon, bébé. Tout va bien ?

Je hoche la tête dans sa main.

— Je n'ai pas été trop brusque ? Je sais que tu n'as pas encore l'habitude.

— Ça m'a plu.

Son sourire me met dans tous mes états.

— Ça ne m'étonne pas de toi.

Il dit cela avec une telle fierté que j'ai l'impression que je m'ouvre, et qu'une chose prisonnière depuis toujours se libère. Antonio se penche sur moi et m'embrasse sauvagement. Je l'accepte et savoure ce nouveau lien que nous avons forgé, même si je ne sais pas très bien de quoi il s'agit.

Je n'ai pas l'occasion de l'explorer davantage, car soudain, la porte explose et deux hommes en tenues de camouflage armés de mitrailleuses font irruption dans la pièce.

Chapitre Dix

ntonio

Je me jette devant Dahlia pour la protéger des intrus tout en récupérant mon pistolet à côté du lit.

— Ne tirez pas ! lance une voix sur le pont supérieur. Ma fille est à l'intérieur !

Eh merde.

Benedict King doit être suicidaire.

Je pointe mon arme sur l'un des intrus, puis sur l'autre. Sûrement des mercenaires ; des anciens soldats américains.

— Si vous me tirez dessus, vous risquez de la toucher, dis-je.

— Dahlia, éloignez-vous de lui ! gronde l'un des types.

Entendre son nom sur ses lèvres me fait péter les plombs. Je tire sur lui, puis sur son complice en moins d'une seconde.

Dahlia hurle à pleins poumons.

Je bondis hors du lit et me rue vers la porte.

— Dahlia ! lance son père depuis le pont.

— Ne tire pas ! s'écrie-t-elle.

J'ignore si c'est lui qu'elle supplie, ou moi.

Je quitte la suite et monte les marches qui mènent au pont quatre à quatre. J'essuie aussitôt des tirs. Je me réfugie dans le couloir et jette un regard en direction de la source de l'attaque.

Je vois l'un de mes hommes renversé sur le garde-corps avec du sang qui lui coule de la tête. Un autre de mes soldats est étendu sur le pont.

Fanculo.

Je dirige mon arme vers le pont et change lentement d'appui jusqu'à avoir assez de recul pour viser. Une balle frappe le mur juste à côté de ma tête, mais la mienne tape dans le mille avec le mercenaire de l'autre camp.

J'entends des cris en italien et d'autres coups de feu. Certains de mes hommes ont survécu, alors.

— Dahlia ?

Je repère Benedict, caché entre deux de ses mercenaires. Il a un flingue à la main, mais il le tient avec maladresse. Il se tirerait sans doute une balle dans le pied s'il essayait de m'atteindre. J'abats ses hommes.

— Non ! s'écrie Dahlia.

Elle a enfilé une robe de chambre et monte les marches derrière moi.

— Retourne dans la cabine, grondé-je. C'est dangereux, ici.

— Dahlia !

Mon attention est attirée par trois des hommes de Benedict, qui viennent d'apparaître. Je me place comme un bouclier devant Dahlia, et je les élimine un à un.

Avant que je puisse réagir, cette dernière me contourne et se précipite vers son père.

— Papa ! Tu as eu mon message !

Le bateau se met à tourner. Ou bien c'est moi qui ai le tournis. Quelque chose tourne, en tout cas.

Dahlia a envoyé un message à son père hier soir. C'est comme ça qu'il nous a trouvés ici.

Un sentiment de trahison me poignarde en plein cœur et réveille ma vieille colère. Mon vieux besoin de vengeance. Oui, je suis une brute, un véritable monstre, mais ce sont les King qui m'ont rendu comme ça.

Je brandis mon arme et la pointe droit vers la tête de Benedict. Je vise très bien. Aucune de mes balles n'a raté sa cible, jusqu'à présent. Un mouvement de doigt, et il est mort.

Il hisse Dahlia sur le garde-corps et lui montre quelque chose de l'autre côté. Un bateau à moteur doit attendre à côté du yacht. J'ignore comment il a fait pour approcher sans que mes hommes le voient.

Je les suis, mon pistolet toujours à la main, la tête de Benedict dans mon viseur. Ma femme - la femme que je viens de faire hurler de plaisir - passe déjà une jambe par-dessus le garde-corps. Elle me jette un regard, et ses yeux s'écarquillent de terreur.

— Non ! Son cri a une note tellement horrifiée que je lève le bras pour viser le ciel au lieu de son père. Je t'en prie, Antonio...

Elle ne finit pas sa phrase, car son père se met à me tirer dessus comme un fou.

Je les ai déjà rejoints.

Benedict pousse sa fille par-dessus bord, et nous restons tous les deux là un instant, à regarder son corps tomber du yacht.

Je retiens mon souffle, craignant qu'elle s'ouvre le crâne

sur le bateau en contrebas, mais elle le rate et tombe dans l'eau.

Je referme violemment la main sur le poignet de Benedict, l'obligeant à lâcher son arme. Le pistolet tire tout seul en tombant sur le pont, puis il glisse hors de notre portée. Je colle le canon de mon arme sur la tempe de Benedict.

— Antonio !

Entendre mon nom dans la bouche de ma femme réveille quelque chose de profondément enfoui en moi. Malgré sa trahison, rien n'a disparu : mon désir de lui faire plaisir. De la rendre heureuse.

Je détache les yeux de son père pour regarder en bas. Elle nage à côté du bateau à moteur, auquel elle s'accroche d'une main.

Elle croise mon regard.

— Antonio, non. *S'il te plaît.*

Elle me supplie.

Comme je le désirais.

Comme je l'avais prédit.

Mais pas pour la raison que j'espérais.

Fanculo.

J'enfonce mon pistolet dans la chair de Benedict.

— Sautez, grondé-je.

Il se met maladroitement en mouvement.

— Sautez, répété-je. Si je vous revois, vous êtes un homme mort.

Il tombe à la renverse et se cogne au garde-corps du pont inférieur au passage, se cassant sans doute le bras.

Je jette un regard à ma femme. Elle n'a pas tenté de grimper sur le bateau à moteur. Elle continue de me dévisager, le visage plein de chagrin.

Quoi ? Qu'y a-t-il ?

Qu'attend-elle de moi ?

Je pointe mon pistolet sur son père, qui monte déjà à bord. Il détache la corde nouée à l'échelle du *Lune de Miel* et démarre le moteur pendant que Dahlia le rejoint.

Puis ils disparaissent.

Ma vengeance est tombée à l'eau.

Tout est fichu.

Et je m'en fiche complètement.

Ma colère s'est tue.

D'ailleurs, je ne ressens rien du tout.

Je suis complètement apathique. Vidé. Aussi mort que les corps ensanglantés éparpillés sur le pont glissant.

C'est fini.

Ma vengeance, mon mariage, mes projets d'avenir ; je viens de tout céder à une petite mondaine qui chante comme un oiseau.

** * **

Dahlia

Mon père fait les cent pas, une couverture autour des épaules. Nous nous trouvons dans un hôtel de Miami, et il est au téléphone avec le Sénateur Reese, le père de Jake, pour lui demander s'il serait légal et possible de réquisitionner des Marines pour neutraliser Antonio.

Je me rends dans la salle de bains et me glisse dans la cabine de douche, toujours vêtue de mes vêtements mouillés. Je reste sous le jet d'eau un long moment, puis je m'assois sur le sol carrelé et me prends la tête dans les mains.

Qu'est-ce que j'ai fait ?

Qu'est-ce que mon père a fait ?

Et Antonio ?

Des hommes sont morts aujourd'hui à cause de leur conflit. Je devrais applaudir le nouveau plan de mon père, mais je ne peux pas. Tout ça me rend malade.

Rien n'aurait dû se passer comme ça, à commencer par la façon dont mon père a fait condamner Antonio pour un crime qu'il n'avait pas commis.

Apparemment, nous rejouons vraiment *Roméo et Juliette*, et tout se termine en tragédie.

Imaginer le corps sans vie d'Antonio parmi ceux que nous avons laissés sur le yacht aujourd'hui m'arrache un sanglot. Je sors de ma léthargie et fonds en larmes pour de bon.

Que ressentirais-je si Antonio avait été tué ? Tout aurait été ma faute. C'est moi qui ai dit à mon père où nous trouver. J'ai vu la surprise et le sentiment de trahison sur les traits d'Antonio lorsqu'il a réalisé ce que j'avais fait, et j'en ai l'estomac noué.

Me déteste-t-il aussi, désormais ?

Cette idée me détruit. Elle m'attriste. Je ne voulais même pas sauter du yacht. Je voulais retourner dans le lit d'Antonio et me réfugier dans ses bras.

Oh, Seigneur, est-ce seulement cette nuit que nous avons fait l'amour ? J'ai l'impression que ça remonte à des années. À des siècles.

Une éternité s'est écoulée depuis qu'il m'a embrassée.

Je me frotte les joues, mes larmes mêlées à l'eau de la douche.

Et maintenant ?

Vais-je les laisser commanditer le meurtre d'Antonio ?

Ma main se pose sur mon ventre. C'est peu probable,

mais je pourrais être enceinte de lui en ce moment même. Vais-je laisser mon père assassiner mon mari ?

Je me lève tant bien que mal et me débarrasse de ma robe de chambre trempée. Je dois mettre fin à cette folie.

Il faut que ça s'arrête maintenant.

Antonio m'appartient, désormais, tout autant que je lui appartiens, selon lui.

Nous sommes mariés.

Et c'est là que je réalise autre chose. Peut-être la plus importante de toutes : Antonio tient à moi.

Il a épargné mon père.

Pas parce qu'il avait des scrupules à tuer. Ce n'est clairement pas le cas. Je l'ai vu abattre au moins quatre hommes, aujourd'hui. Il hait mon père, a passé des années de sa vie à mettre au point sa vengeance.

Et pourtant, il l'a laissé s'enfuir.

Parce que je compte à ses yeux. Il ne l'a pas dit. Il m'a donné des petits noms, m'a aidée à me sentir belle, mais il ne m'a pas dit que j'étais plus qu'une conquête pour lui.

Sauf que si je n'étais qu'une conquête, il n'aurait pas épargné mon père. Surtout pas après avoir conclu que je l'avais trahi parce que je voulais m'enfuir.

Et pour que les choses soient claires : je ne voulais pas m'enfuir.

Je serais prête à tout pour remonter le temps et ne pas donner ce message au serveur, hier soir.

Pour être sur le yacht avec Antonio. Ou ailleurs, d'ailleurs. Où aurions-nous vécu ? À quoi aurait ressemblé notre vie ?

Toutes ces questions me serrent le cœur.

Je coupe l'eau et m'essuie avec une serviette, puis j'enfile le peignoir moelleux de l'hôtel et retourne dans la suite pour tenir tête à mon père.

— Il faut que tu épargnes Antonio.

Mon père secoue la tête.

— Trop tard. Le FBI est en route pour l'arrêter. Vu le nombre de morts qu'il a causées aujourd'hui, il ne sortira jamais de prison.

Chapitre Onze

*A*ntonio

Je gratte une allumette, la jette dans la flaque d'essence, et le *Lune de Miel* s'enflamme furieusement.

Je regarde la scène quelques instants.

J'ignore ce que j'espère ressentir. Une note de satisfaction à l'idée de détruire la plus belle embarcation de Benedict ?

Au lieu de cela, je reste tenaillé par le vide que je porte en moi depuis que Dahlia s'est enfuie.

Mes hommes et moi nous éloignons du yacht à la dérive transformé en bûcher funéraire viking qui transportera les corps sur l'arc-en-ciel entre la terre et le ciel ou je ne sais quoi.

J'ai perdu trois hommes. Nous avons éliminé une dizaine de ceux de Benedict.

Je devrais être satisfait d'avoir gagné la bataille, mais la victoire a un goût de cendres.

— Où on va ? demande Léo, mon soldat derrière la barre.

Je secoue la tête.

— Vous savez pas, boss ? Ou vous vous en fichez ?

— Va à Miami, crétin, grommelle Il Greco, mon capo. On est dans un putain de bateau à moteur. Où tu veux qu'on aille, en Australie ?

— Fermez-la.

J'ai besoin de réfléchir. De décider quel sera mon prochain coup. J'anticipe toujours tout, normalement. Je suis le roi de la stratégie.

Sauf que là, mon cerveau tourne dans le vide.

Je me fiche de mon prochain coup.

Je me fiche de tout.

La vengeance ne m'intéresse plus. Soudain, je réalise que ça n'a jamais été mon but. Tout ce que je voulais, c'était la fille du placard dont je ne me sentais pas digne.

Tout mon travail avait pour objectif de me mettre sur un pied d'égalité avec Dahlia. De me rendre assez bien pour elle.

Et je viens de tout gâcher en lui montrant ce que je suis vraiment.

Un monstre.

Chapitre Douze

Antonio

Debout sur le balcon de mon appartement de Manhattan, je regarde en bas.

Dahlia se trouve à New York, même si je ne l'ai pas vue.

Mais même si c'est absurde, sa présence ici est ce qui m'a poussé à revenir. J'avais besoin de respirer le même air qu'elle. D'arpenter les mêmes rues.

Chaque cellule de mon corps se languit d'elle. J'ai du mal à me dire qu'elle n'a passé que quatre nuits dans mon lit, car j'ai l'impression de me souvenir de chacune de ses taches de rousseur, de chacune de ses courbes. De ses cheveux soyeux, de la façon dont sa bouche s'entrouvrait à l'approche de l'orgasme.

Et la musique.

Elle me hante nuit et jour.

J'entends sa voix sur les airs de Puccini. Je me remémore la joie sur son visage lorsqu'elle était sur scène à Miami, à chanter et à danser avec abandon.

— Boss, il faut que tu voies ça, me dit Il Greco.

Il me rejoint sur le balcon et me met un journal sous le

nez. C'est la rubrique mondaine du *Manhattan Times*, et le gros titre dit L'Héritière du Roi des Yachts Fait des Révélations sur son Mariage.

Je repousse le journal.

— Je n'ai pas envie de lire ça.

— Si. Sérieusement, Antonio. Il faut que tu le lises.

Avec un rictus dédaigneux, je reprends le journal et l'ouvre brusquement. Quel genre de conneries vais-je devoir gérer aujourd'hui ?

Depuis mon retour ici il y a quelques jours, je m'attends à une attaque de la part de King. Je pensais qu'il m'enverrait le FBI ou d'autres mercenaires. J'ai renforcé la sécurité de l'entreprise et de ma résidence, mais il ne s'est rien passé.

À présent, le combat semble s'être déplacé dans la cour de l'opinion publique.

La bonne blague. Comme si une brute comme moi se souciait de l'avis des gens. Je suis un Beretta. Ma réputation était déjà ternie à ma naissance.

Dahlia King, l'héritière du Roi des Yachts, nous dit tout sur l'homme qu'elle aime depuis ses quinze ans.

Mes yeux ralentissent alors que les mots se brouillent et se réarrangent sur la page.

Qu'est-ce que c'est que ça ?

Je relis la manchette, avant de tout reprendre depuis le début.

Dahlia Beretta (King), fille de Benedict et Barbara King, a accordé une entrevue exclusive au Times pour expliquer son changement de mari de dernière minute. Il y a deux semaines, l'héritière devait épouser le maire de New York, Jake Reese, lors d'une cérémonie en grande pompe à Cape

Cod, mais les invités ont été surpris de ne pas voir le maire devant l'autel.

À sa place se trouvait Antonio Beretta, originaire du New Jersey, un homme avec un passé criminel et des liens avec la mafia. Le même jour, Beretta est également devenu l'unique actionnaire de la King Yacht Company.

Depuis, la rumeur dit que le père et la fille ont pu subir un chantage, mais la vérité est encore plus spectaculaire.

Selon Mme Beretta, Antonio et elle sont amoureux depuis qu'elle l'a rencontré lorsqu'elle était adolescente. Son père, opposé à cette relation, aurait prétendu que le jeune homme l'avait volé alors qu'il travaillait comme serveur lors du bal d'entrée dans la société de Mme Beretta.

M. Beretta a été condamné à trois ans de prison pour ce crime qu'il n'aurait pas commis et qui aurait été monté de toutes pièces par M. King pour séparer les deux amoureux.

L'échange de maris était un stratagème ingénieux mis en place par le couple afin de sceller leur union sous les yeux de la haute société new-yorkaise au grand complet. Mme Beretta affirme qu'elle tenait à ce que son milieu reconnaisse son mariage, qui aurait été snobé si l'identité du futur époux avait été annoncée.

J'arrête ma lecture et me passe une main sur le visage.

Qu'est-ce que cela signifie ? Que mijote Dahlia ?

Ce doit être un piège.

Sauf que mon cœur trahi déborde de chaleur.

Et si ce n'était pas une manigance ? Et si Dahlia essayait de me sauver ? Peut-être de son père, peut-être de la justice.

Je me mets en mouvement avant même d'avoir formé un plan.

Il faut que je la trouve. Que je la voie.

Dahlia tient à moi.

Peut-être même qu'elle m'aime, comme le prétend cet article.

Et si c'est la vérité, alors chaque seconde que je passe loin d'elle est une seconde perdue.

Je cours jusqu'à la porte et monte dans ma nouvelle Corvette décapotable de 1964.

Dahlia Beretta m'appartient, et je vais aller la chercher. Je me gare dans la rue qui fait face au gratte-ciel luxueux dans lequel ses parents possèdent un appartement, près de Central Park.

— Antonio Beretta, ici pour voir ma femme, Dahlia.

Visiblement, le portier était préparé à mon arrivée. Il jette des regards nerveux partout, mais il tient bon.

— Je suis navré, M. Beretta, mais j'ai pour consigne de vous demander de partir.

Je secoue la tête.

— Je ne partirai pas sans ma femme.

Le type déglutit. Je lui fais une peur bleue. De la sueur coule sur son front.

— Voulez-vous que j'appelle la police, Monsieur ?

— Appelez Dahlia. Dites-lui que je suis là.

— Toutes mes excuses, Monsieur. J'ai reçu des instructions.

— *Tout de suite.*

Le portier sursaute, mais secoue la tête.

— Je... je vais appeler la police.

Fanculo.

Je suis tenté de l'intimider, mais je ravale mon agressivité. Je suis convaincu que Dahlia ne voudrait pas que je secoue le portier de ses parents.

— Très bien.

Je vais garer ma décapotable de l'autre côté de la rue, et je m'adosse à la portière. Les bras croisés, je commence à surveiller la porte d'entrée. Tôt ou tard, un membre de la famille King mettra le nez dehors, et je serai là pour lui parler.

Bien entendu, le ciel s'assombrit, et je reçois des seaux de pluie.

Je remets en place la capote de ma voiture, mais je ne quitte pas mon poste.

Je suis prêt à passer cinq jours à attendre sous la pluie.

Je ne m'en irai pas avant d'avoir vu ma femme.

* * *

Dahlia

— Tu as détruit ta famille ! me hurle ma mère.

Elle a passé la matinée à pleurer, depuis que l'article est paru dans la rubrique mondaine du *Manhattan Times*.

J'ai réussi à convaincre mon père de ne pas envoyer le FBI aux trousses d'Antonio en le menaçant de tout révéler à la presse.

Il nous a immédiatement ramenés à Manhattan, et depuis, je suis prisonnière. J'ai appelé Béa pour qu'elle vienne me chercher, mais le portier a refusé de la laisser entrer. Mon père a posté des vigiles devant notre porte. Officiellement, c'est pour notre protection, mais quand j'ai tenté de sortir, ils ne m'ont pas laissé faire.

C'est pour cela que j'ai appelé la journaliste. J'ai réalisé que c'était un bon moyen de protéger Antonio. À présent, s'il lui arrive quelque chose, cela attisera les soupçons du public, et de la loi aussi, j'espère, après mon histoire d'amants maudits. Un nouveau *West Side Story*. J'ai omis de parler du chantage financier d'Antonio et du bain de sang sur le *Lune de Miel*.

— Ce n'est pas moi qui l'ai détruite, rétorqué-je, avec tout le dédain que m'inspirent mon père et son comportement.

C'est lui qui a maltraité Antonio. Lui qui a eu l'arrogance ou la bêtise de perdre toute sa fortune, et lui qui se permet de croire qu'il a son mot à dire sur la façon dont je mène ma vie.

Je ne reconnais plus l'autorité de mes parents. Je suis libre de toute obligation envers eux. J'avais beau me croire adulte, avant mon mariage, j'étais toujours une enfant, leur pantin.

Je suis une femme, désormais. Une femme avec du pouvoir, capable d'en jouer grâce à un simple coup de fil à une journaliste.

— Ce n'est pas moi qui ai déclaré la guerre à la famille Beretta et qui crois pouvoir la gagner. Mais c'est bel et bien *moi* qui peux y mettre un terme.

— À cause de toi, nous sommes finis. Nous avons tout perdu. Tu serais devenue femme de *président,* glapit ma mère.

Elle est devant le bar et se sert un verre, bien que nous ayons à peine dépassé midi. Dehors, le ciel a la couleur du charbon, et il pleut à verse.

— On ne possède rien, lui rappelé-je. Mon mari a déjà tout pris.

Ma mère pivote brusquement, bouche bée que j'aie osé employer les mots *mon mari.*

— Alors c'est pour ça ? Tu tiens à cet homme ?

Avant que je puisse répondre, elle se met à déblatérer :

— Tu ne tiens pas à lui ! Ce que tu as raconté à la presse, ce sont des mensonges. Des mensonges désespérés pour nous détruire. Tu veux simplement te venger parce que tu n'as pas pu choisir ton mari.

— Ha, dis-je en croisant les bras. Et voilà. Tu l'admets enfin. Tu t'arranges pour édulcorer les décisions que tu prends pour moi depuis des années, mais la réalité est là : j'étais prisonnière d'une cage dorée. Élevée dans le seul but d'accomplir le destin que tu aurais voulu avoir !

— Ça suffit, coupe mon père.

Il sort de son bureau, toujours vêtu de ses vêtements de la veille. Ses cheveux sont ébouriffés, et il a une tache d'alcool sur sa chemise. Comme ma mère, il s'est mis à boire en journée.

— Nous sommes une famille. Nous devons nous soutenir, désormais. Nous n'avons personne d'autre.

Je lâche un rire dédaigneux.

La dernière chose dont j'ai envie, c'est de soutenir ces gens-là.

Dans la rue, quelqu'un se met à jouer du Puccini à fond. Le foutu morceau que j'ai chanté à Antonio.

J'ai l'impression que l'on m'arrache le cœur.

L'histoire que j'ai servie à la journaliste n'est pas un mensonge. J'aime cet homme depuis que je l'ai rencontré. J'avais beau ne pas le connaître, mon âme l'avait reconnu. Nous étions faits l'un pour l'autre. J'en suis convaincue.

Rien d'autre ne pourrait expliquer le lien que j'ai perçu entre nous dès le début. Les frissons d'excitation chaque fois que je suis en sa présence, la confiance que je lui ai portée d'instinct.

J'ai failli entraîner sa mort en tentant de « soutenir » mes parents. À quoi ressemblerait ma vie si je coupais les ponts avec eux pour retrouver l'homme pour lequel je pense être faite ?

Dehors, j'entends un coup de klaxon. Puis plusieurs, prolongés. Au rythme de *Be My Baby*.

Je pousse une exclamation et me rue sur le balcon.

— Dahlia ! Qu'est-ce que tu fais ?

J'ignore les cris horrifiés de ma mère et sors sous la pluie battante. Je me penche sur la rambarde pour voir en bas.

Oh, Seigneur.

Je me couvre la bouche pour ravaler un sanglot.

Il est là. Debout sous la pluie, adossé à une superbe décapotable rouge, les yeux levés vers moi.

— Antonio !

Les gens nous regardent. Des flashs retentissent. Les paparazzis devaient être aux aguets, eux aussi.

Je vois également Béa. Elle sort de la voiture d'Antonio, comme si c'était elle qui gérait la musique. Elle agite le bras avec enthousiasme.

Antonio met les mains en coupe.

— Dahlia. Descends, s'il te plaît.

Je jette un regard par-dessus mon épaule.

— Je ne peux pas. Il y a des gardes à la porte.

D'autres flashs. La presse n'en manque pas une miette.

Je réalise le danger lorsqu'Antonio crispe les épaules et s'éloigne de la voiture.

— Non, attends !

Je ne veux pas d'un autre bain de sang. Pas par ma faute.

Je passe une jambe par-dessus la balustrade.

— Non, *principessa* !

Antonio traverse la route à toute allure, obligeant les voitures à piler.

— Rattrape-moi, dis-je d'un ton de défi.

Je ne suis qu'au deuxième étage. Je suis certaine qu'Antonio ne me laissera pas tomber.

— Non, non, non ! Attends, Dahlia !

Je n'attends pas. Je me laisse glisser du balcon trempé et plonge dans le vide en hurlant et en agitant les bras. Fouettée par le vent, je suis précipitée vers le trottoir.

Je tombe dans les bras d'Antonio. Mon poids le fait tomber par terre, et nous roulons sur le ciment mouillé.

Ses lèvres trouvent mon oreille, ses bras me serrent si fort que je n'arrive pas à respirer.

— Dahlia... Dahlia. Mon épouse rebelle et sauvage. Mon amour.

— Antonio. Je suis désolée pour le *Lune de Miel*.

Antonio lâche un petit rire et me fait rouler face à lui. Nos vêtements sont trempés, et il est couché sur le dos dans une flaque.

— Le yacht, ou l'événement ?

— Pour ce qui s'est passé, je veux dire, précisé-je, les yeux embués. Je n'aurais jamais dû prévenir mon père.

Il prend mon visage entre ses mains et porte mes lèvres aux siennes.

— Non, non, non, *amore*. Tu n'as rien fait de mal. Je n'avais aucun droit de t'enlever. Pardonne-moi.

Je hoche la tête, et mes larmes coulent sur mes joues déjà mouillées.

— Je te pardonne. Et toi, tu me pardonnes ?

— Il n'y a rien à pardonner. Tu es parfaite.

Une foule s'est formée autour de nous. Les flashs continuent de crépiter.

Antonio me soulève pour se mettre debout et m'aider à me relever. Ses mains me parcourent, son regard me scrute.

— Tu es blessée ?

Je secoue la tête.

Il tend la main en direction de sa voiture.

— Votre carrosse vous attend, Majesté.

Non loin de là, quelqu'un se met à applaudir et à nous acclamer.

Béa.

Je me rue vers elle et lui fais un énorme câlin sous les ovations de la foule.

— Ah, c'est vrai. J'ai revu ta charmante demoiselle d'honneur. Elle m'a aidé à te faire sortir de ta tanière avec la musique.

Il se penche sur Béa pour l'embrasser sur la joue.

— Viens, chère épouse, ajoute-t-il à mon attention en me soulevant dans ses bras. Notre avenir nous attend.

* * *

Antonio

Je passe le seuil de mon penthouse avec ma superbe femme dans les bras. Nous sommes toujours trempés à cause de la pluie, et elle a les joues roses. Ses grands yeux bleus me dévisagent avec douceur et me donnent l'impression d'être plus grand que l'Empire State Building. Elle me regarde comme ça depuis que je l'ai rattrapée après son saut dans le vide.

Bon sang, mon cœur s'est arrêté quand elle a fait ça. J'en ferai des cauchemars jusqu'à ma mort. Si elle s'était blessée, si je ne l'avais pas rattrapée, si mon corps n'avait pas suffi à amortir sa chute, je ne m'en serais jamais remis.

Elle ignore l'intérieur de mon loft pendant que je la porte jusqu'à la salle de bains de la suite principale. Elle semble toujours fascinée par mon visage. Elle me touche la joue, chasse les cheveux mouillés qui me tombent dans les yeux.

Je la pose et ôte son chemisier mouillé avant de faire glisser son pantalon et sa culotte le long de ses jambes. Elle dégrafe son soutien-gorge et le jette sur le sol de marbre.

Elle déboutonne ma chemise pendant que j'enlève mes chaussures, puis je trouve sa bouche. Je ne l'ai pas embrassée comme il se doit depuis que le *Lune de Miel* s'est abîmé en mer. Je n'ai pas conquis sa jolie bouche et je ne l'ai pas vue toute nue. Je n'ai pas pu toucher ou goûter sa peau.

Je me débarrasse du reste de mes vêtements sans interrompre notre baiser, et je la fais reculer jusqu'à ce que nous nous retrouvions sous le jet d'eau.

— Ma femme m'a manqué, dis-je d'une voix rauque.

— Toi aussi, tu m'as manqué.

Dahlia prend un pain de savon et le fait mousser sur mon torse.

Je ferme les yeux et savoure ce moment. Je m'en délecte. Je me félicite de ce qui s'est passé. Je n'avais pas anticipé cet avenir. En fait, je crois qu'avec mon projet de vengeance, je ne voyais jamais plus loin que l'échange des consentements à l'autel.

C'est bien plus doux que de voler l'entreprise. Bien plus agréable que d'avoir le dernier mot face à Benedict King.

Beaucoup plus magique, même, que de conquérir la fille dont on me croyait indigne.

Ce moment est authentique. Ancré dans le présent. Dahlia n'est pas une jeune mondaine coincée que je veux remettre à sa place. C'est une femme accomplie, vive, talentueuse qui me touche et qui, contre tout pragmatisme, a choisi mon camp. Elle s'est offerte à moi ; de son plein gré, cette fois.

J'ouvre les paupières et lui prends le savon des mains. Je le frotte entre mes mains pour le faire mousser, puis je fais glisser ma paume entre ses seins.

— Je vais te rendre heureuse, lui assuré-je.

Elle se balance d'un pied sur l'autre, les yeux mi-clos.

— Tu auras tout ce que tu voudras. Des cours de chant, des concerts, ton propre groupe. Si ça fait sourire ma femme, je le réaliserai.

Son visage s'illumine d'un sourire dévastateur.

Je m'agenouille pour savonner chacune de ses jambes, puis je remonte entre ses fesses.

Elle ne glousse pas, ne se trémousse pas. Elle reçoit mes caresses comme si elle était la reine, et que cela lui était dû. Elle a bien raison.

Je perds toute maîtrise de moi-même et la plaque contre le mur, soulevant l'une de ses jambes sur mon épaule pour avoir accès à son centre. Je lui donne un coup de langue, coinçant son bassin contre les carreaux pour pouvoir lui donner du plaisir comme il faut.

Elle saisit ma tête, d'abord pour garder l'équilibre, puis pour me coller à sa chair brûlante et m'encourager à continuer. Je lape son clitoris tout en glissant les doigts le long de sa fente. Mais elle en veut plus. Elle me prend le poignet pour m'enfoncer en elle. Je plonge un doigt entre ses replis et vais et viens doucement tout en suçotant son clitoris.

— Oui, gémit-elle. S'il te plaît, Antonio.

Fanculo. Ses supplications me font perdre la tête. J'ajoute un deuxième doigt. Ses gémissements prennent de l'ampleur jusqu'à ressembler à un cri.

Je ne tiens plus. Je me lève et la fais pivoter face au mur carrelé. Après lui avoir écarté les jambes et avoir tiré ses hanches en arrière, je colle mon membre à son entrée.

Je tente d'y aller doucement. Tente de me rappeler qu'elle est quasiment toujours vierge. Mais quand elle colle ses fesses à mon bassin, j'oublie de me montrer doux. Je referme les doigts sur ses hanches et plonge en elle, plaquant son buste au mur. Nos deux corps ne font plus qu'un, dans un rythme et une synchronicité parfaits. Ses cris se mêlent à mes halètements. Chaque coup de reins nous rapproche de l'extase. Nous savourons ce moment où nous cessons d'être des individus pour devenir une force unie. Dahlia m'appartient, et je lui appartiens. Ensemble, nous sommes tout.

J'ignore combien de temps durent nos ébats. Je sais qu'à un moment, je la retourne et la plaque contre le mur dans l'autre sens. Je sais qu'elle se pend à mon cou, et que ses gémissements rauques pénètrent mon oreille. Je sais qu'elle crie mon nom, et que je crie le sien. Et ça continue, encore et encore, comme pour rattraper nos sept ans de séparation, nos débuts houleux. C'est ainsi que nous officialisons notre nouvelle réalité. Notre mariage. Notre union. Notre trêve.

C'est ainsi que j'obtiens la baise de revanche ultime. Celle qui amorce ma toute nouvelle vie, pleine d'amour, de communion, et de Dahlia.

Épilogue

Dahlia

Dire que j'ai le trac serait un euphémisme. Je passe les mains le long de la minirobe bleu nuit qui moule mes formes. Des cuissardes assorties complètent ma tenue. Je suis sur le point de monter sur scène et de chanter. Le souci, c'est qu'un concert prémédité, ça n'a rien à voir avec le fait de saisir un micro tendu, pompette à Miami.

L'oncle d'Antonio, Don Beretta, organise une fête d'anniversaire de mariage pour Antonio et moi dans l'une de ses boîtes de nuit, et comme cadeau, Antonio m'a demandé de lui chanter une chanson. J'ai choisi la version de *Fever* de Peggy Lee, sortie récemment. Elle est sensuelle et osée, et elle représente bien l'amour torride que je voue à mon mari.

Mais je ne m'attendais pas à voir mes parents être escortés dans la salle et placés au premier rang, à côté de Béa.

Elle semble aussi surprise que moi, et j'en conclus que ce n'est pas elle qui les a invités. Je ne leur ai pas adressé la parole depuis que j'ai sauté du balcon. Ce jour-là, je suis entrée dans le monde d'Antonio et j'ai quitté la haute société. Ça ne m'a jamais manqué.

Béa est restée une amie fidèle (au plus grand désarroi de ses parents), et j'ai été accueillie à bras ouverts par le clan Beretta. À présent, j'ai une joyeuse bande de cousines, de sœurs et d'amies. Les Beretta forment une famille soudée, bruyante et pleine de vie.

C'est Antonio qui a dû orchestrer la venue de mes parents. Je n'arrive pas à décider si j'ai envie de l'embrasser, de le gifler, ou de pleurer. Je ferai peut-être les trois. Mais pour l'instant, il est trop tard pour annuler ma performance afin d'aller crier sur mon mari. Le chef du groupe commence à me présenter.

Argh !

Les jambes flageolantes, je monte sur scène et prends le micro. Le groupe a déjà entamé les premières notes de la chanson. Nous avons répété dans l'après-midi, et tout s'est passé à merveille. Je n'ai aucune raison de paniquer. Sauf que je voulais chanter pour Antonio et me sentir sexy, et voilà que mes parents, qui détestent que je chante et verront ma sensualité comme un affront, viennent d'arriver.

Qu'ils aillent au diable. C'est mon anniversaire de mariage. C'est mon monde. Il y a un an aujourd'hui, ma vraie vie a commencé. Une vie où je suis pleinement moi-même, où l'on m'aime pour ce que je suis, pas pour ce que je représente. Pas pour ce que je peux apporter aux autres.

Je cherche Antonio du regard. Cette chanson est son cadeau, après tout. Je suis surprise de constater qu'il a pris place à côté de ma mère. Lui et mes parents sont assis autour d'une petite table devant la scène.

Mon mari s'enfonce dans son siège, son regard sombre et pétillant braqué sur moi tandis qu'il allume un cigare. Il me fait un clin d'œil, et cela suffit à me redonner confiance en moi.

Car avec Antonio, je me sens forte.

Avec lui, je me sens belle, talentueuse et puissante. Et mon ancienne vie ne m'a jamais manqué. Oui, la rupture entre mes parents et moi me pèse, mais je ne regrette pas du tout d'avoir échappé à leur contrôle et à leurs pressions.

Je garde les yeux fixés sur le beau visage de mon époux et balance lentement les hanches au rythme de la musique. Dès que je commence à chanter, j'oublie mon stress. J'oublie la désapprobation potentielle de mes parents. J'arrête de me demander ce qu'ils font là et ce que je leur dirai après mon numéro. Je suis au diapason avec la musique. Je l'incarne. Je chante avec une joie pure. Avec amour. Avec dévotion envers un homme qui m'est lui aussi totalement dévoué.

Le regard d'Antonio ne quitte pas mon visage un seul instant, et cela me dit tout ce que j'ai besoin de savoir : il est tout aussi admiratif que moi. Tout aussi charmé. Tout aussi amoureux. C'est fou, mais notre amour semble seulement capable de grandir.

Lorsque je finis la chanson, je réalise que tout le monde est tourné vers moi. Même Don Beretta et les hommes de la Famille, qui parlaient bruyamment lorsque j'ai commencé, se sont tus et me regardent.

Je chante la dernière note et remets maladroitement le micro sur son pied.

Leur ai-je fait honte ? Les Beretta ne veulent peut-être pas que je chante, eux non plus.

Je jette un coup d'œil à mes parents, et je suis surprise de voir une larme rouler sur la joue de ma mère. Vacillante, elle se met debout. Elle va quitter la salle avant même de m'avoir dit un mot.

Mais non, elle se met à applaudir. Elle me fait une *standing ovation*.

La salle enfumée résonne sous les applaudissements. Des gens m'acclament. Certains crient mon nom. Béa et Antonio, je crois.

Je mets un moment à me remettre de mes émotions, mais un sourire me fend le visage, et je salue le public.

Mon père se lève à son tour - même si juste avant, j'ai vu Antonio lui jeter un regard noir.

Je salue à nouveau, et une sensation de chaleur me monte dans la poitrine et derrière les yeux, comme si j'allais pleurer.

Au lieu de passer par les coulisses, je saisis la main que me tend Antonio et je saute de la scène. Il me serre dans ses bras et m'embrasse sur le front.

— Bravo, *principessa*. *Grazie*. J'ai adoré la chanson. Tu étais fantastique.

— Tu as invité mes parents, dis-je d'une voix éraillée.

— Oui. L'heure est venue de recoller les morceaux, *amore*.

Il me fait pivoter en direction de ma mère et me pousse doucement en avant.

Ma mère reste où elle est. Il y a un moment gênant, jusqu'à ce que Béa passe les bras autour de nos épaules et nous attire dans un câlin général.

— Elle a été géniale, n'est-ce pas Mme King ?

Ma mère ne répond pas. Elle n'a sans doute pas la force d'admettre une telle chose devant mon amie, alors qu'elle considère le fait que je chante comme une honte. Au lieu de cela, elle fond en larmes.

— Oh, Dahlia ! Est-ce que ça va ? Tu as l'air très heureuse. Tu m'as terriblement manqué.

Je prends ma mère dans mes bras et lui donne de petites tapes dans le dos comme si j'étais la mère et elle l'enfant.

— Toi aussi, tu m'as manqué, maman. Je suis très heureuse avec Antonio. Je l'aime.

Je sens le regard de mon mari sur moi lorsque je prononce ces mots, et lorsque je me retourne, je le vois parler à mon père. Il le pousse dans ma direction, et je dois endurer un deuxième câlin gênant.

— Belle chanson, ma chérie. Superbe robe.

Pas vraiment les mots que j'attends de la part de mon père, mais c'est un début.

On débouche le champagne, et quelqu'un apporte une énorme pièce montée sur un meuble à roulettes, comme s'il s'agissait de notre mariage au lieu du premier anniversaire de notre union.

— On sert le gâteau. Vous resterez bien manger une part, non ? demande Antonio à mes parents. Asseyez-vous là avec Dahlia. Rattrapez le temps perdu, tous les trois. Non, tous les quatre, avec Béa. Il faut que j'aille parler aux invités.

Ma vision se trouble un moment face aux attentions de mon époux. La facilité avec laquelle il me décroche la lune et accomplit des miracles.

Et je bénis Béa, qui se met à parler gaiement du groupe, de ma robe et du temps qu'il fait.

— Je t'aime, dit mon père, interrompant le monologue de Béa.

Nous le regardons toutes d'un air surpris. Ce n'est pas le genre d'homme qui exprime ses émotions.

— Je suis content que tu ailles bien. Je ne me le serais jamais pardonné, si cet...

Il semble se mordre la langue pour ravaler l'insulte qu'il allait lancer à Antonio.

— Si ton mari s'était montré cruel envers toi, se reprend-il. Mais il semble t'aimer. Et j'imagine qu'en fin de compte, c'est tout ce qui importe.

Il a un air démoralisé qui ne me fait pas plaisir, mais je n'oublie pas que c'est lui qui a causé sa propre perte.

Je me penche sur lui et l'embrasse sur la joue.

— Moi aussi je t'aime, papa.

L'un des serveurs pose une part de gâteau et une flûte de champagne devant chacun d'entre nous, et à l'autre bout de la pièce, Antonio fait tinter son verre pour demander le silence.

— Je souhaite porter un toast à ma superbe épouse. Il y a huit ans, j'ai été engagé comme serveur sur un yacht, et là, j'ai embrassé la plus belle fille du monde. Ce baiser a changé le cours de ma vie.

Il y a un peu d'amertume dans son ton, et dans les murmures de la foule. Ici, tout le monde sait ce qui est arrivé à Antonio ensuite, car dans les familles italiennes, il n'y a pas de secrets. Ils savent ce qu'a fait mon père. Ils savent ce qu'Antonio lui a fait subir pour se venger.

Ma belle-mère fusille mon père du regard. Elle m'adore, mais elle ne lui pardonnera jamais, même si Antonio n'a plus de regrets.

— Non, non, dit Antonio en levant la main. N'accablons pas mon beau-père. À l'époque, il me jugeait indigne de sa fille, et cela m'a donné envie de devenir quelqu'un. J'ai réussi.

Antonio écarte les bras, et les convives se mettent à applaudir. C'est la vérité. Pendant cette année de relation, j'ai réalisé qu'à présent, c'est lui qui fait quasiment tourner toute la famille Beretta. Le don est presque à la retraite. Son neveu a grimpé les échelons plus vite qu'aucun homme avant lui et a généré des centaines de millions de dollars pour l'organisation.

L'entreprise de yachts s'est avérée essentielle au trafic d'armes de la famille Beretta, permettant de traverser les eaux internationales sans accrocs. Antonio a également développé la King Yacht Company et l'a rendue profitable, sans avoir à y injecter la moindre somme d'argent sale.

— J'avais beau croire que je faisais de moi quelqu'un de puissant afin d'exercer ma vengeance, il s'avère que M. King avait raison. Il fallait que je devienne digne de Dahlia. Parce qu'elle est tout pour moi. Et je suis prêt à tout pour la rendre heureuse.

Ooooh. Mince. Mon mascara va couler. Je me tamponne le coin des yeux. Antonio croise mon regard et lève son verre.

— Alors ce toast est pour toi, *principessa*. Ma chère Dahlia. Tu es l'amour de ma vie.

— Ooooh, soupirent plusieurs femmes.

Antonio ne leur prête pas attention et ajoute :

— Merci d'être ma femme.

Ma mère se couvre la bouche avec sa serviette en tissu pour cacher un sanglot.

Je me lève et traverse lentement la pièce, le regard braqué sur le beau visage de mon mari. J'ai l'impression que c'est notre mariage - un vrai mariage, cette fois - et que je remonte l'allée pour le rejoindre devant l'autel. Pour sceller nos avenirs.

Il pose son verre en me voyant arriver et prend mes mains dans les siennes.

— Veux-tu m'épouser ? demande-t-il.

Avec un rire larmoyant, je hoche la tête, et mes larmes se mettent à couler pour de bon, à présent.

— Je t'aime, Mme Beretta.

— Je t'aime.

La foule nous acclame.

— *Saluti,* lance Don Beretta.

Tout le monde lève son verre et boit une gorgée de champagne. Tout le monde sauf Antonio et moi, car nous sommes en plein baiser torride.

— Viens là.

Il me prend par la main, et nous nous faufilons hors de la pièce pendant que les convives se tournent vers leur gâteau.

Antonio m'entraîne dans un bureau et sort une enveloppe de sa poche. Il me la tend.

— C'est le cadeau que je te fais.

— Qu'est-ce que c'est ?

— Vas-y, ouvre-la.

J'ignore pourquoi mes doigts tremblent lorsque je décachette l'enveloppe. Je sais qu'elle ne contient pas quelque chose de désagréable, comme une demande de divorce. Mais le moment est fort en émotion, j'imagine. Je suis bouleversée par l'intensité de son amour.

Je déplie la liasse de papiers et commence à la feuilleter. Il s'agit bel et bien de documents légaux.

— Tu me lègues la King Yacht Company ?

— Oui. À toi de décider si tu veux la rendre à ton père. Il en tire déjà des bénéfices, car je lui ai versé son salaire pour l'année écoulée.

— Ah... ah bon ? Tu payes le salaire de mon père ?

Je ne peux pas m'empêcher de prendre un ton incrédule.

— Il travaillait pour toi ?

Antonio lâche un rire ironique.

— Non. Et je ne veux pas qu'il le fasse. Mais je ne pouvais quand même pas laisser tes parents mourir de faim !

Je glousse malgré mes larmes.

— Ils ne seraient pas morts de faim. Ils auraient pu vendre la moitié de leurs propriétés pour vivre de l'argent placé jusqu'à la fin de leurs jours.

— Bon, je ne voulais pas qu'ils souffrent. C'est tes parents. Ça veut dire qu'ils font aussi partie de ma famille.

Quel homme ! Antonio a beau être un homme d'affaires impitoyable, au fond, c'est un vrai nounours.

— Je ne la rendrai pas à mon père. L'affaire tourne bien, et on va la garder pour notre famille. Nos futurs enfants. Ce sera notre héritage.

Antonio prend mon visage entre ses mains.

— Je suis impatient de fonder la famille dont tu parles, *principessa*.

C'est le moment de révéler mon véritable cadeau d'anniversaire de mariage : bien mieux qu'une chanson à une fête. Quelque chose qui durera toute la vie.

Le visage rayonnant, je lui annonce :

— On l'a déjà fondée.

Le Directeur

PERSONNE NE PREND CE QUI M'APPARTIENT

Cette jolie avocate m'a caché son secret.

Un bébé qu'elle porte depuis le soir de la Saint-Valentin.

Le soir où le sort a décidé de nous unir.

Elle ne m'a jamais contacté. Elle voulait m'empêcher d'apprendre la vérité.

Elle va découvrir ce qui se passe quand on contrarie un boss de la bratva.

Une punition est nécessaire. Une séquestration en attendant la naissance.

Et je mettrai ce temps à profit pour la séduire.

Parce que je n'ai pas seulement l'intention de garder le bébé...

Je compte épouser sa mère.

Et pour notre bien à tous les deux, mieux vaudrait qu'elle soit partante.

Le Directeur

Livre gratuit de Renee Rose

Abonnez-vous à la newsletter de Renee

Abonnez-vous à la newsletter de Renee pour recevoir livre gratuit, des scènes bonus gratuites et pour être averti·e de ses nouvelles parutions !

Ouvrages de Renee Rose parus en français

www.reneeroseromance.com/francaise/

Maîtres Zandiens

Son Esclave Humaine
Sa Prisonnière Humaine
Le Dressage de Son Humaine
Sa Rebelle Humaine
Sa Vassale Humaine
Son Compagnon et Maître
Animal de Compagnie Zandien
Sa Possession Humaine

Les Épouses Zandiennes

La Nuit des Zandiens
Achetée par les Zandiens
Dominée par les Zandiens
Les Lumières de Zandia
Détenue par le Zandian
Revendiquée par le Zandian
Enlevée par le Zandian

Sauvée par le Zandian

Alpha Bad Boys
La Tentation de l'Alpha
Le Danger de l'Alpha
Le Trophée de l'Alpha
Le Défi de l'Alpha
L'Obsession de l'Alpha
L'Amour dans l'ascenseur (Histoire bonus de La Tentation de l'Alpha)
Le Désir de l'Alpha
La Guerre de l'Alpha
La Mission de l'Alpha
Le Fleau de l'Alpha
Le Secret de l'Alpha
La Proie de l'Alpha
Le Sang de l'Alpha
Le Soleil de l'Alpha
La Lune de l'Alpha
La Serment de l'Alpha
La Vengeance de l'Alpha
Le Feu de l'Alpha
Le Secours de l'Alpha

Les Loups-Garous de Wall Street
Grand Méchant Patron: Minuit
Grand Méchant Patron: Folie Lunaire
Grand Méchant Patron: Marquée

Le Ranch des Loups
Brut
Fauve
Féral

Sauvage
Féroce
Impitoyable

Deux Marques
Indomptée (libre)
Temptée
Désirée
Séduite

Les Nuits de Vegas
Roi de carreau
Atout cœur
Valet de pique
As de cœur
Joker Mortel
Dame de trèfle
Cartes sur Table
Bonne Pioche

La Bratva de Chicago
Prélude
Le Directeur
Le Stratège
Possédée
L'Homme de Main
Le Hacker
Le Bookmaker
Le Nettoyeur
Le Coureur
Le Gardien

Série Made Men

Ne m'Aguiche Pas
Ne me Tente Pas
Ne m'Oblige Pas

Dompte-Moi

Son Maître Royal
Oui, Docteur
Son Maître Russe
Son Maître Marine
Soumise à leur Punition
Son Maître Pompier
Son Maître Cuistot

Alpha des montagnes

Le héros
Rebel
Le Guerrier

Série Chicago Sin

Nid de Péché
Ancré dans le Péché

À propos de Renee Rose

RENEE ROSE, AUTEURE DE BEST-SELLERS D'APRÈS USA TODAY, adore les héros alpha dominants qui ne mâchent pas leurs mots ! Elle a vendu plus d'un million d'exemplaires de romans d'amour torrides, plus ou moins coquins (surtout plus). Ses livres ont figuré dans les catégories « Happily Ever After » et « Popsugar » de USA Today. Nommée *Meilleur nouvel auteur érotique* par Eroticon USA en 2013, elle a aussi remporté le prix d'*Auteur favori de science-fiction et d'anthologie* de Spunky and Sassy, et celui de *Meilleur roman historique* de The Romance Reviews. Elle a fait partie de la liste des meilleures ventes de USA Today sept fois avec plusieurs anthologies.

Abonnez-vous à la newsletter de Renee pour recevoir des scènes bonus gratuites et pour être avertie de ses nouvelles parutions!
https://www.subscribepage.com/reneerosefr